Arto Paasili

Les mille et une gaffes de l'ange gardien Ariel Auvinen

roman

Traduit du finnois par Anne Colin du Terrail

DENOËL
& D'AILLEURS

Titre original : *Tohelo suojelusenkeli.*
Éditeur original : WSOY, Helsinki.

Première publication en finnois par Werner Söderström Corporation
en 1998, Helsinki.

Les mille et une gaffes de l'ange gardien Ariel Auvinen

DU MÊME AUTEUR
AUX ÉDITIONS DENOËL

Le Lièvre de Vatanen, 1989
Le Meunier hurlant, 1991
Le Fils du dieu de l'orage, 1993
La Forêt des renards pendus, 1994
Prisonniers du Paradis, 1996
La Cavale du géomètre, 1998
La Douce Empoisonneuse, 2001
Petits suicides entre amis, 2003
Un homme heureux, 2005
Le Bestial Serviteur du pasteur Huuskonen, 2007
Le Cantique de l'apocalypse joyeuse, 2008
Les Dix Femmes de l'industriel Rauno Rämekorpi, 2009
Sang chaud, nerfs d'acier, 2010
Le Potager des malfaiteurs ayant échappé à la pendaison, 2011

1

Farniente

Même pour les habitants du Savo, d'ordinaire débordants de sève, mourir à Kuopio est une expérience pénible. Pour le professeur de religion Ariel Auvinen, l'événement avait cependant marqué, à quatre-vingt-deux ans, le début d'une nouvelle vie de haut vol. Mais avant de nous intéresser aux exploits célestes de l'héroïque Ariel, un détour printanier par la capitale s'impose.

En ce début du mois de mai, une belle matinée s'annonçait à Helsinki. Le soleil était déjà haut et le gazouillis des alouettes emplissait le ciel au-dessus des arbres du cimetière de Hietaniemi. Le sourire aux lèvres, Aaro Korhonen se dirigeait sans hâte, d'un pas léger, vers la rue Mechelin : il était parvenu, à quarante ans, à un stade de sa vie où plus rien ne l'obligeait, s'il n'en avait pas envie, à aller travailler, à rentrer chez lui ou à faire quoi que ce soit d'autre. Il pouvait flâner à sa guise. Il n'avait pas d'horaires, mais un compte en banque bien garni. Économe de nature et habitué aux gros salaires, il venait de quitter son poste de gestionnaire d'une usine de granulés de bois de Pietarsaari.

Près du crématorium, un corbillard noir vint à sa rencontre. Un drapeau finlandais en berne, sur l'aile du fourgon, indiquait qu'un mort y faisait son dernier voyage. Le conducteur s'arrêta au niveau du promeneur, baissa sa vitre et sourit. Un tic le faisait joyeusement cligner de l'œil gauche.

« Aaro ! C'est moi, Oskari, tu te rappelles ? »

Aaro Korhonen se souvenait parfaitement d'Oskari Mättö, son vieux copain de régiment originaire du Nord. Leur dernier coup de fil datait déjà de plusieurs années. Oskari, qui était costaud, travaillait alors comme déménageur de pianos.

Deux décennies plus tôt, ils avaient fait leur service militaire, en tant que simples soldats, dans une compagnie de chasseurs de la brigade d'Ostrobotnie à Hiukkavaara, près d'Oulu. Oskari avait déjà à l'époque ce même tic, un tressaillement involontaire de la paupière et du muscle de la joue qui ressemblait à un clin d'œil polisson. Cette particularité aurait été anodine si le sergent instructeur de leur section n'avait pas été assez stupide pour l'interpréter comme une injure personnelle. Mais il avait beau ordonner au deuxième classe Mättö de cesser ses grimaces, celui-ci n'y pouvait rien. Son spasme congénital plaisait aux filles, pas au sergent Siiloinen. Ce dernier s'était donné pour mission de faire subir à Oskari toutes les brimades possibles et imaginables. Il le faisait souvent courir jusqu'à l'épuisement et l'humiliait devant la compagnie entière, sans résultat. Le malheureux en avait été réduit à sortir du rang et à crier d'une voix tremblante, en clignant de l'œil :

« Sergent ! Arrêtez de m'emmerder ! Ce n'est pas ma faute si j'ai un tic. »

Oskari Mättö avait ramassé sur le champ de tir assez de cartouches de fusil d'assaut pour remplir un chargeur entier et avait révélé son cruel projet de vengeance à son plus fidèle camarade de chambrée, Aaro : à la première occasion, il tuerait le sergent Siiloinen. Son heure avait sonné l'hiver suivant, lors d'un entraînement commando au bord du lac Valkeislampi. Les deux amis étaient assis auprès d'un feu de camp à surveiller le parcours du combattant des nouvelles recrues. Ils faisaient griller des saucisses que la famille d'Aaro lui avait envoyées. Leurs fusils d'assaut étaient posés contre un pin, l'un chargé à blanc, l'autre, celui d'Oskari, à balles réelles. Le sergent Siiloinen arrivait justement à ski sur le petit lac gelé. Il s'était appuyé sur ses bâtons et s'était mis comme d'habitude à asticoter le soldat Mättö.

« Sergent, gare à la mitraille ! »

D'une rafale rageuse, Oskari avait coupé en deux le bâton de ski gauche de Siiloinen. N'importe qui, même un militaire, aurait pris peur à moins, mais la vengeance d'Oskari Mättö n'était pas encore assouvie. Il avait pataugé dans la neige jusqu'au sergent et l'avait forcé, sous la menace de son arme, à lui donner un de ses skis. Quand il l'avait eu en main, il lui en avait frappé les fesses avec une telle force qu'il avait cassé.

« Sergent, donnez-moi votre autre ski ou je tire ! »

Oskari Mättö avait si bien rossé sa victime qu'elle lui

avait proposé une trêve. Ils s'étaient serré la main. Siiloinen avait rebroussé chemin à pied. Sur la rive opposée du lac, il avait crié d'une voix d'outre-tombe :

« De la chair à canon, voilà ce que vous êtes, aucun de vous n'a l'étoffe d'un officier ! »

Les deux amis avaient jeté au feu les morceaux de ski et de bâton, mais l'affaire n'en était pas tout à fait restée là. Ils avaient chacun écopé de huit jours d'arrêts pour vol et destruction du matériel d'un sous-officier, et avaient dû dédommager le sergent. Ce dernier s'était acheté avec l'argent des skis neufs, de meilleure qualité, mais avait cessé tout harcèlement.

Le tic d'Oskari ne lui avait guère porté préjudice depuis, son œil et sa joue ne tressaillaient que quand il était plus joyeux qu'à l'accoutumée, comme ce jour-là en tombant sur son vieux copain.

Oskari Mättö sortit ses cigarettes, en offrit une à Aaro, puis lui demanda s'il pouvait lui donner un coup de main pour déposer le défunt dans la chapelle du crématorium. Le gardien ne serait là que dans une heure, mais il avait les clefs, en tant que chauffeur de fourgon mortuaire. Les deux hommes ouvrirent la porte latérale de l'église et portèrent le cercueil en chêne à l'intérieur. Oskari alla prendre dans le corbillard une gerbe de fleurs blanches — des lis fraîchement coupés — qu'il disposa sur le couvercle.

« Je ne peux quand même pas soulever seul un cercueil aussi lourd, mon dos ne le supporte plus. Avant, je trimballais sans problème un piano droit sous le bras et un demi-queue sur l'épaule. »

Le travail fait, Aaro demanda si le mort était un homme ou une femme, si ce n'était pas indiscret.

« Un instant, je vais chercher le bon de transport. »

D'après le journal de bord des Pompes funèbres Lindell, il s'agissait d'une femme, Hilma Katariina Väisänen, restauratrice, décédée à l'âge de soixante-dix-huit ans. La cérémonie commencerait à onze heures, après quoi il fallait filer au cimetière de Honkanummi avec un entrepreneur en bâtiment de Vallila ayant quitté ce monde, lui aussi dans un cercueil en chêne. Et l'après-midi, révision du véhicule.

Oskari se demanda soudain s'il n'y avait pas eu méprise, comment se faisait-il que la restauratrice ait aussi du chêne, alors que d'après les documents il aurait dû s'agir d'un cercueil en pin garni de tissu blanc, avec de la dentelle sur les bords.

« Je vais vérifier. »

Il dévissa le couvercle de la bière.

À l'intérieur reposait paisiblement un homme d'une cinquantaine d'années, les yeux dûment fermés, les mains jointes sur la poitrine. Des cheveux gris, un soupçon de barbe au menton. Préparé dans les règles de l'art pour son dernier voyage.

« Il était moins une. Ce n'est pas une femme. Il doit s'agir de l'entrepreneur en bâtiment. »

Il ne restait plus qu'à aller chercher en toute hâte à la morgue la véritable Hilma Katariina Väisänen, en déposant au passage à Honkanummi l'entrepreneur en bâtiment. Oskari pensait pouvoir faire l'échange en une demi-heure, et il demanda à Aaro s'il pouvait l'attendre près de la chapelle le temps qu'il revienne avec Hilma. Ils revissèrent le couvercle du cercueil de l'entrepreneur et le chargèrent en quatrième vitesse dans le corbillard.

Trente minutes plus tard, le fourgon était de retour, pneus fumants, devant le crématorium. Les deux hommes ouvrirent le hayon, portèrent le cercueil dans la chapelle, le déposèrent d'un geste expert sur les rails de crémation. Oskari, penaud, assura que c'était la première fois que l'on confondait des défunts chez Lindell. Aaro se permit d'en douter : peut-être les morts étaient-ils plus souvent qu'on ne le pensait incinérés et enterrés au mauvais endroit sous un autre nom que le leur, mais comme on n'ouvrait pas les cercueils, la chose passait inaperçue. Le corps d'une restauratrice brûle de la même manière que celui d'un entrepreneur en bâtiment.

Peu après le départ d'Oskari et de son corbillard, un homme en veste noire surgit à vélo. Il se présenta à Aaro Korhonen comme le desservant de la chapelle et, le prenant pour le gardien, lui serra vigoureusement la main et l'informa qu'il y aurait ce jour-là deux crémations, suivies de deux discours pour l'enterrement des cendres dans le jardin du souvenir. Le véritable gardien arrivait justement, et Aaro lui passa le relais avant de poursuivre sa route, soulagé, vers la rue Mechelin. Près du mur du cimetière, un écureuil avide agrippa la jambe de son pantalon, mais, voyant qu'il n'avait rien à lui donner, le laissa vite tranquille. Ce n'était que le début de la journée, il savait par expérience que de nombreux oisifs en deuil arpenteraient bientôt les allées du cimetière, laissant échapper de leurs poches le crissement prometteur de sachets de cacahuètes.

Arrivé rue Mechelin, Aaro Korhonen prit la direction de Töölö, espérant tomber assez vite sur des gens plus vivants que les morts de la matinée. Le vent chargé de fraîches odeurs printanières le poussa, juste après la vitrine d'un bouquiniste, vers la porte grande ouverte du Salon de thé Väisänen. Une boisson chaude serait la bienvenue.

Une jeune femme en tenue de deuil s'affairait dans la petite salle, la serpillière à la main. Elle tournait ostensiblement le dos à la rue, cachant son front soucieux où perlait la transpiration.

« C'est fermé ?

— Oui. »

L'établissement avait cessé ses activités du fait d'un regrettable décès, et il était maintenant à vendre. Dès que la propriétaire, Hilma Väisänen, aurait été incinérée en bonne et due forme à onze heures, la serveuse, Viivi Ruokonen, devrait quitter son poste et trouver un autre travail. Mais, jusque-là, elle devait gérer les affaires courantes et faire le ménage en prévision des visites d'éventuels acheteurs. L'appartement de la défunte, au dernier étage de l'immeuble, avait été rangé et nettoyé avant même l'autopsie. Les meubles seraient vendus aux enchères dans la semaine pour le compte de la succession.

Aaro Korhonen se proposa pour donner un coup de main et, après le plancher, ils s'attaquèrent au lavage des fenêtres. L'agent immobilier s'étant présenté sur ces entrefaites, Aaro décida de lui faire une offre, aussi bien pour le salon de thé que pour l'appartement de la défunte, un trois-pièces-cuisine. Pas de balcon, mais pour le reste le logement était parfait. En le visitant, Aaro constata que la propriétaire y avait vécu seule. Les placards de la cuisine étaient anciens mais propres, le réfrigérateur avait besoin d'être changé, et la salle de bains refaite. L'une des chambres servait de bibliothèque. Viivi Ruokonen avait veillé ces derniers temps à arroser les plantes. On aurait pu croire que la propriétaire était juste partie en voyage. L'appartement était habitable tel quel. Le prix de vente étant raisonnable et le tout en bon état, il suffisait à Aaro de verser un acompte pour prendre possession des clefs du salon de thé et de son nouveau logement. L'acquisition ne lui revenait pas bien cher, songea-t-il, tout en s'étonnant lui-même. Comment avait-il pu, lui d'ordinaire si sérieux et réfléchi, conclure aussi soudainement une affaire d'une telle importance? Un regard à la silhouette de Viivi Ruokonen le rassura, il ne s'agissait pas d'une simple foucade. Il avait besoin d'un logis, d'un travail et de la présence d'une femme. Tout cela s'offrait à lui, il devait agir vite et prendre sans hésiter son destin en main. Si les choses tournaient mal, il pourrait toujours tout revendre et poursuivre sa route.

Oskari Mättö l'appela sur son portable : l'entrepreneur en bâtiment avait été dûment enterré et pleuré, mais où Aaro en était-il, quel genre de travail comptait-il faire à Helsinki? Où logeait-il et comment gagnait-il sa vie?

« Je viens d'acheter un petit salon de thé et un appartement agréable, dans le même immeuble. J'ai l'intention de me mettre à écrire, des livres et d'autres choses de ce genre. »

Aaro demanda à Oskari s'il pouvait lui trouver un costume sombre, car il voulait assister à l'enterrement de la défunte de Hietaniemi, qui se trouvait être l'ancienne propriétaire du Salon de thé Väisänen. N'y avait-il pas, aux pompes funèbres, des costumes noirs à louer ? Oskari déclara qu'il lui prêterait volontiers le sien, car il n'en avait pas besoin pour conduire le corbillard au garage. Il leur suffirait d'échanger leurs vêtements.

Équipé de la tenue de deuil d'Oskari, Aaro Korhonen accompagna la serveuse et l'agent immobilier au crématorium, où le vicaire dont il avait fait la connaissance dans la matinée prononça une émouvante oraison funèbre à la mémoire de Hilma Katariina Väisänen. Une cinquantaine de personnes étaient présentes, pour l'essentiel des anciens clients du salon de thé. À la fin de la cérémonie, l'élégant cercueil recouvert de fleurs glissa majestueusement vers des flammes célestes dont le diable lui-même aurait pu envier l'ardeur.

2

De l'envergure des anges

Les enfants et les philosophes se posent de nombreuses questions, sans jamais pouvoir y répondre. Où commence et finit l'Univers ? Qu'y a-t-il après ? Combien de temps s'est-il écoulé depuis le début du temps, et combien en reste-t-il ? Dieu existe-t-il ? Quel est le salaire du pape ?

Comment les anges parviennent-ils à connaître le passé et les pensées des hommes, et par quels moyens peuvent-ils agir sur leurs actes — voilà aussi une question qui travaille peut-être le lecteur. Notons ici, une bonne fois pour toutes, qu'il n'y a pas à s'étonner des particularités des anges. Ils ont été créés par Dieu et sont donc tout-puissants, car telle a alors été sa volonté, ni plus ni moins. Inutile de pousser la chansonnette sur le thème « les anges existent-ils ? ». Que ceux qui n'y croient pas en débattent avec les prêtres et les prélats, qui se comptent dans la chrétienté par dizaines ou centaines de milliers. Des hommes bien payés et bien nourris, auxquels s'ajoutent de nos jours, dans les pays nordiques, une poignée de femmes. C'est à eux qu'il faut aller demander si les anges existent et combien mesurent leurs ailes. Les serviteurs de l'Église répondront à coup sûr par l'affirmative à la première question, mais sont incapables de se prononcer sur la deuxième.

Comme chacun sait, le ciel des chrétiens se trouve aujourd'hui à Kerimäki, dans le Savo, où le grutier Pirjeri Ryynänen l'a fait transférer au milieu des années quatre-vingt alors qu'il remplaçait Dieu, parti en congé sabbatique[1]. Depuis lors, c'est dans la plus grande église en bois du monde que l'on gère les affaires courantes de la création. On ne voit pas souvent Dieu lui-même dans les parages, il possède sa propre demeure céleste. Mais les anges volent dans la région en troupes d'autant plus nombreuses, en général par centaines, voire par milliers. La direction du ciel est assurée par saint Pierre, avec l'assistance du vénérable ange Gabriel. Il va sans dire que toute cette activité, malgré son ampleur et son efficacité, est invisible aux yeux des humains, qui ne se doutent pas que l'église de Kerimäki est emplie d'êtres ailés planant souvent au-dessus d'eux en nuées aussi denses que les moustiques dans le ciel lapon.

Précisons que Kerimäki est avant tout le lieu de travail des anges et que l'on n'y croise que rarement les simples mortels, qui ont leur propre ciel quelque part dans les sphères supérieures auprès du Seigneur tout-puissant. Le sanctuaire, si grand soit-il, ne saurait en aucun cas contenir les milliards de chrétiens du monde. L'image que l'on se fait du paradis et de ses délices ne correspond pas non plus

1. Voir le roman *Auta armias* (« Miséricorde ! »), du même auteur, éd. WSOY, Helsinki, 1989, non encore traduit en français. *(N.d.T.)*

exactement à l'atmosphère d'une vieille église en bois, ni à ses us et coutumes. Kerimäki est donc le ciel des anges, et joue de ce fait un rôle essentiel. Car sans cette main-d'œuvre céleste, l'humanité et la création tout entière ne seraient — osons le dire — qu'un vaste pandémonium.

En ce même jour de mai où Aaro Korhonen avait, sur un coup de tête, acheté l'appartement et le salon de thé de la rue Mechelin, plus de cinq cents anges débutants étaient réunis dans l'église de Kerimäki, comme chaque année, pour un séminaire d'initiation aux missions de protection. Il y a en effet dans le monde des dizaines de milliers d'anges gardiens. La plupart d'entre eux assurent leur tâche spontanément, grâce à leurs dons naturels et à l'expérience acquise en aidant leur prochain tout au long de leur vie, mais certains postulent aussi comme ange gardien sans avoir ce bagage. Protéger un simple mortel peut sembler facile, du point de vue d'un être surnaturel doté de multiples pouvoirs, mais ce n'est pas toujours vrai. Bien que les anges disposent de moyens célestes, leur mise en œuvre présente hélas souvent quelques difficultés pratiques. Les nombreux accidents qui frappent l'humanité en sont la triste preuve. On avait donc pris l'habitude d'organiser des séminaires pour les anges se destinant à ce secteur, et plus de cinq cents d'entre eux s'étaient ainsi rassemblés dans l'église de Kerimäki pour écouter des conférenciers et participer à des travaux pratiques.

Saint Pierre et l'ange Gabriel intervenaient lors de cette formation annuelle sur les aspects les plus généraux des missions de protection, avant que quelques anges expérimentés n'approfondissent le sujet. Dans le cadre des exercices pratiques, les participants s'essayaient, souvent avec succès, à empêcher les Savolais du coin de compromettre leur avenir. L'année précédente, par exemple, ils étaient si bien parvenus à réorienter un fermier violent et incontrôlable qu'il avait été élu citoyen de l'année de Kerimäki. Fort de cette réussite, il avait acheté une nouvelle voiture et fait un enfant à sa femme, alors qu'il lui mettait auparavant à coups de poing les deux yeux au beurre noir et faisait des tonneaux dans les virages de la route de l'église avec sa vieille Lada rouillée.

Parmi les stagiaires se trouvait le professeur de religion du lycée de Juva Ariel Auvinen, décédé quelques mois plus tôt dans sa quatre-vingt-troisième année. Il avait donc atteint de son vivant un âge avancé, mais au ciel il n'était qu'un novice. Il brûlait du désir de devenir ange gardien, poussé par son naturel charitable et protecteur qu'avait encore renforcé sa vocation pleine d'abnégation au service de l'instruction religieuse.

Ariel Auvinen était plutôt bel homme : plus grand que la moyenne, mince, les traits harmonieux. Mais si son apparence était satisfaisante, on ne pouvait guère en dire autant de son passage sur terre. C'était un être plein de bonté, mais à qui rien ne réussissait. Il avait terminé couci-couça ses études de théologie et n'était devenu ni vicaire ni pasteur, et encore moins doyen ou évêque, se contentant d'un pâle emploi de professeur de religion. Son intelligence n'était pas en cause, plutôt sa façon de faire. Tout ce qu'il entreprenait lui claquait entre les mains. Il se mettait sans cesse dans le pétrin, finissait dans le fossé avec sa voiture, insultait les gens sans le vouloir, se mariait par inadvertance, coupait des arbres sur la parcelle du voisin, oubliait de se réveiller, ingurgitait des champignons toxiques. Il faisait pourtant de son mieux, de toute évidence, et s'en était finalement sorti grâce à sa ténacité et à son optimisme. Après avoir pris sa retraite à soixante-cinq ans, il y avait donc plus d'une quinzaine d'années, Auvinen avait quitté Juva avec sa femme pour s'installer à Kuopio, où il avait passé les dernières années de sa vie à aider les cas sociaux de la paroisse de Petonen — et il n'en manquait pas dans les immeubles neufs de ce quartier résidentiel. Resté veuf quelque temps plus tard, il avait même ouvert sa porte à quelques moutons noirs du voisinage, alcooliques au dernier degré, tout en veillant à ce que ses invités ne restent pas trop longtemps à empuantir son intérieur propret. Ses protégés avaient néanmoins provoqué des dégâts des eaux et emporté l'argenterie de famille, qu'il avait dû peu à peu racheter, pendant des mois, chez un prêteur sur gages. À Noël, il faisait la quête dans la rue, emplissant chaque fois son tronc d'oboles d'âmes charitables afin d'offrir aux SDF des pull-overs et des repas corrects. C'était sur ce pieux chemin qu'il avait glissé et s'était cassé le col du fémur. Il avait toutefois eu le temps d'en guérir avant son décès, et l'on n'avait pas eu à l'accompagner à sa dernière demeure avec une jambe dans le plâtre.

Ariel Auvinen avait fière allure : l'envergure de ses ailes atteignait onze mètres. Mais chez certains anges bien en chair, elle peut aller jusqu'à quinze mètres. Car bien que les anges soient de purs esprits, ils sont dotés d'ailes et, quand Dieu les a créées, il a bien sûr veillé à ce qu'elles soient proportionnées à leur corps. Depuis le début de l'histoire de la chrétienté, il règne à ce sujet une terrible confusion. Comment les prêtres, les évêques et même les papes, malgré leurs études de théologie, ont-ils pu ne pas se rendre compte que, si les milliers d'anges avaient pour ailes des moignons aussi courts que le laissent penser les peintures religieuses et les saintes écritures, ces malheureux seraient bien incapables de voler. Et même s'ils réussissaient, avec le vent en poupe, à s'élancer d'une colline en battant des ailes, ils retomberaient vite comme une pierre, accident dont le spectacle et, plus encore, le son n'auraient rien de réjouissant pour l'âme.

Les anges sont donc de majestueux oiseaux. À côté d'eux, même le plus fier des aigles de mer n'est qu'un modeste petit moineau. Seul l'albatros géant peut, dans une certaine mesure, rivaliser avec de grands anges mâles tels qu'Ariel Auvinen. Cet oiseau de mer, qui niche sur des îles isolées au milieu de l'océan, est en effet capable de planer des jours entiers sur ses immenses ailes dont l'envergure peut approcher les quatre mètres. L'albatros vit en colonies et ne pond qu'un gros œuf par an, ce qui lui donne un point commun de plus avec les anges — l'espèce humaine ne donne elle aussi naissance qu'à un petit, autrement dit un bébé, par an, voire exceptionnellement à des jumeaux, ou parfois des triplés.

D'un point de vue ornithologique, on pourrait donc considérer les anges comme un imposant superordre d'albatros, si je puis me permettre cette comparaison. L'albatros portant le nom latin de *Diomedea exulans*, on pourrait par exemple baptiser l'ange *Diomedea angelus.* Il faut cependant se garder de le classer parmi les oiseaux car, en dehors des ailes, il ne présente que peu de caractéristiques aviaires. Les pieds d'Ariel Auvinen, entre autres, étaient d'authentiques panards savolais, et il n'avait ni pattes palmées, ni nez en bec d'aigle, ni surtout plumage lui couvrant le corps. Son anus et ses organes sexuels se trouvaient également là où ils étaient de son vivant et non, comme chez les oiseaux, sous la queue au milieu d'un fouillis de plumes et de duvet. Ce qui ne veut pas dire, mais c'est une autre histoire, que les organes en question soient encore d'une quelconque utilité aux anges gardiens. Ils vivent d'esprit, comme l'enseigne poétiquement la Bible.

3

Le séminaire de formation des anges gardiens

L'église en bois de Kerimäki est la plus grande au monde en son genre. Elle mesure 45 mètres de long, 42 de large et 30 de haut. Même les cathédrales finlandaises de Turku et de Helsinki n'atteignent pas ces dimensions. Ce n'est pas pour rien qu'on y a logé le ciel. Les cinq cents anges gardiens débutants inscrits au premier séminaire d'initiation aux missions de protection de l'année 2004 y tenaient à l'aise.

Dans son discours inaugural, saint Pierre évoqua le mode de vie désordonné des hommes, qui avaient de ce fait besoin de la protection du ciel. Il souligna à quel point cette mission était spirituellement exigeante, mais aussi extrêmement gratifiante. Son intervention terminée, Pierre invoqua son emploi du temps chargé et s'envola, tout en promettant de revenir pour la cérémonie de clôture. Gabriel appela à la tribune un vieil ange qu'il présenta sous le nom de Theodor Tolpo, charpentier et constructeur d'églises ayant vécu au XIXe siècle. Il l'invita à parler de l'édifice où ils se trouvaient, car c'était lui qui l'avait jadis bâti avec son père. Ce dernier était mort avant d'avoir pu achever son œuvre, et son fils avait assumé la lourde responsabilité de mener à bien ce difficile travail.

« Ça fait bien cent ans qu'on me tanne avec les dimensions extravagantes de cette église, en prétendant que nous nous serions trompés d'échelle, que nous aurions confondu les mètres et les toises. Mais c'est de la pure médisance, nous l'avons construite selon la volonté des paroissiens et les indications portées sur les plans. »

Tolpo était sérieux, on pouvait le croire sur parole. La troupe des anges se répandit dans son sillage dans l'immense bâtiment en madriers.

L'édifice avait été construit sur les plans de l'architecte A. F. Granstedt. La mode était alors à l'hybridation des styles et l'on pouvait y lire des influences antique, gothique, romane et byzantine. Son concepteur s'était notamment inspiré des cathédrales de Florence et d'Aix-la-Chapelle, et même de Sainte-Sophie, à Constantinople.

Tolpo, qui était originaire de Vihti, avait parcouru le pays en construisant des églises. Le prix de l'ouvrage, confia-t-il, avait été fixé à 25 000 roubles d'argent, soit environ un demi-million d'euros actuels, ce qui n'était pas rien. Architecturalement, le sanctuaire avait été plus difficile à bâtir en bois qu'il ne l'aurait été en pierre. Le toit était soutenu par d'impressionnantes colonnes sur lesquelles reposaient des poutres, renforcées par des entraits précontraints. Vu du sol de la nef, le spectacle était grandiose. L'église pouvait accueillir jusqu'à cinq mille fidèles, et l'essaim de cinq cents anges en emplissait à peine la moitié. Il fallait imaginer, pour se faire une idée du gigantisme des proportions et de la solidité du bâtiment, que l'on avait embauché sur le chantier, rien que pour forger les clous, une demi-douzaine de maîtres forgerons, qui en avaient fabriqué sur leurs enclumes très exactement 294 000.

Un large sourire s'attarda sur le visage du charpentier quand il confia à ses auditeurs que le but premier des habitants de Kerimäki avait été de faire des économies. Ils n'avaient pas voulu d'église en pierre dans leur paroisse, pensant qu'elle reviendrait plus cher qu'un édifice en bois. Ils avaient fait là un très mauvais calcul, car le projet de Granstedt était si colossal que les Savolais auraient pu faire construire pour le même prix trois sanctuaires en pierre de taille respectable.

« Mais l'église a été comble au moins une fois, le jour de sa consécration, se remémora Tolpo. C'était le dimanche de la Pentecôte 1848, il faisait beau, je m'en souviens encore très bien. Les gens étaient venus de plus de cinquante kilomètres à la ronde, de Rantasalmi à Kitee. Il n'y a jamais eu autant de monde depuis. »

Le séminaire devait durer toute la semaine, ou plus exactement six jours, car dans le ciel aussi on observait la vieille coutume du repos dominical des croyants. Le premier jour avait donc lieu la cérémonie d'ouverture, avec le discours de saint Pierre en personne. Ariel Auvinen s'était attendu à un personnage d'une stature impressionnante et prodigieuse, mais Pierre était en réalité un type à l'air plutôt ordinaire, aux cheveux bruns, à la barbe blanche et aux ailes noires. Quoi de plus normal après tout, il avait été pêcheur, de son vivant, avant de suivre Jésus. À l'époque, il y a quelque deux mille ans, les gens étaient moins grands et plus chétifs que nos contemporains bien nourris. Pierre avait des mains de pêcheur, ossues et noueuses, et un regard farouche où brillait un soupçon de ruse. N'avait-il pas, dans un instant de faiblesse, trahi trois fois son maître ?

Le séminaire était dirigé par l'ange Gabriel, un homme courtaud à l'aspect juvénile. Ariel Auvinen aurait pu parier qu'il était d'origine finlandaise, il avait tout d'un Savolais, ou peut-être d'un Cajanien. D'un naturel calme, et bon pédagogue malgré son jeune âge.

La formation céleste était organisée selon le modèle terrestre classique, les participants étant divisés en dix groupes de travail de cinquante personnes. Chacun de ceux-ci désignait en son sein un ange de confiance qui, tout au long du stage, veillait à la cohésion du groupe et gérait les relations avec les intervenants.

L'objectif était de soutenir et de renforcer la cause commune de la protection de l'humanité. Il s'agissait en particulier de favoriser des échanges ouverts, indépendamment de l'expérience spirituelle, des pratiques religieuses et du statut de chacun, et d'investir dans les ressources célestes que représentaient les anges débutants en leur donnant des modèles grâce auxquels ils pourraient mettre en pratique les enseignements du séminaire afin de protéger au mieux les êtres humains, et pourquoi pas les animaux.

Chaque soir, les groupes se réunissaient pour des veillées au cours desquelles les participants faisaient le point sur les leçons du jour et discutaient des sujets du lendemain. On mettait en perspective les nouvelles orientations du métier, on en analysait l'évolution, on relevait les résultats positifs, on identifiait les points faibles et on réfléchissait en commun aux moyens d'y remédier.

Lors d'une de ces séances, un conseiller en investissement récemment décédé prit la parole afin d'évoquer les dernières tendances de la Bourse, faisant valoir que des nouvelles fraîches du secteur pourraient être utiles à tous, surtout pour la protection des plus riches. Il rapporta que l'année passée avait été haussière, pour la première fois depuis longtemps, et que 2004 avait bien démarré.

« Plusieurs facteurs ont favorisé la bonne santé des marchés financiers : les résultats des entreprises et les indicateurs conjoncturels se sont nettement améliorés, la valorisation des actions est toujours attractive, comparée aux obligations, et toutes les conditions d'une accélération de la hausse du chiffre d'affaires du secteur privé sont réunies. Mon conseil est donc d'arbitrer en faveur des actions. »

Un peu désarçonné, l'auditoire prit acte de cette plongée dans le monde de la Bourse.

On avait installé sur la colline de l'église un marché thématique où les participants les plus actifs pouvaient, pendant les pauses, approfondir à leur gré les pistes qui leur avaient été données et obtenir, individuellement ou par petits groupes, des informations plus complètes sur les secteurs vers lesquels ils pourraient s'orienter après le séminaire. Le choix d'Ariel Auvinen se porta sur quelques sujets particulièrement intéressants : 1) rationalisation et problématique des missions de protection, 2) dernières tendances en matière de « care » et applicabilité à la protection rapprochée et 3) coopération pluridisciplinaire au bénéfice des personnes rétives à la protection.

Parmi les techniques les plus utiles, mais aussi les plus exigeantes, figurait l'art d'orienter discrètement les pensées des gens et, par ce biais, d'agir sur leurs actes. Les anges pouvaient ainsi, dans une certaine mesure, influer sur le comportement de leurs protégés. La théorie était aussi mise en pratique. Le sacristain, le maître de chapelle et même le pasteur de l'église de Kerimäki servaient de cobayes, car ils étaient en général toujours sur place. On leur faisait faire différentes choses, dont certaines auxquelles ils n'auraient jamais pensé d'eux-mêmes. Le maître de chapelle fut ainsi poussé, par exemple, à fredonner des chansons paillardes, et le sacristain à faire la quête sur le parvis auprès des passants, alors que c'était un jour de semaine et qu'aucun office religieux n'était au programme. Le pasteur fut envoyé prêcher dans le campanile, mais quand l'ange Gabriel s'en aperçut, il mit fin à cette blague de mauvais goût et laissa le serviteur de Dieu retourner à son travail dans la sacristie. C'est un fait, dans les séminaires, certains participants se lâchent parfois un peu trop, mais il fallait bien apprendre à s'introduire dans l'esprit des mortels.

Tout au long de la semaine, les stagiaires écoutèrent d'interminables exposés, firent des exercices de groupe et s'adonnèrent à des travaux pratiques. Ils approfondirent la question de la protection des animaux et pénétrèrent les arcanes du fonctionnement des marchés financiers internationaux, bien qu'il parût impossible de faire entrer ne serait-ce qu'un soupçon de raison, et encore moins de bonne volonté, dans la tête de la plupart des jeunes traders aux dents longues.

Le samedi, dernier jour du séminaire, les cinq cents nouveaux anges gardiens durent démontrer individuellement leurs compétences. À cette fin, on leur assigna à chacun un habitant de Kerimäki dans les pensées duquel ils devaient s'insinuer, à leur gré, afin de le faire obéir à leur volonté. Les Savolais étaient nombreux à se promener dans le bourg, en ce week-end de mai, et trouver cinq cents cobayes ne posait donc aucun problème. On vit ainsi toute la journée au marché et dans les magasins de petits phénomènes étranges : souvent, arrivés à la caisse, les clients se rappelaient, inspirés par les anges, qu'ils devaient encore acheter de la farine de seigle, du cirage, des bougies ou des cartes postales, et retournaient chercher dans les rayons les articles oubliés. Les gens couraient en tous sens dans les rues, certains automobilistes prenaient sur un coup de tête la direction de Varkaus ou de Heinävesi, où plusieurs, animés par une nécessité intérieure, visitaient le monastère de Valamo.

Dans l'après-midi, l'ange Gabriel attribua comme sujet d'expérience à Ariel Auvinen une vieille femme du nom de Senni Kärväinen, qui marchait dans la rue principale. L'objectif était de la guider vers l'église de Kerimäki pour assister aux vêpres que le pasteur s'apprêtait à célébrer. Brûlant d'enthousiasme, le futur ange gardien s'attela à la tâche. Il pénétra dans l'esprit de Senni et y insuffla la pieuse intention de tourner à gauche. Il aurait en réalité fallu la faire tourner de l'autre côté, mais Ariel, qui volait à la cime des arbres et regardait sa cible de face et non de dos, confondit sa droite et sa gauche. Tout alla de travers : au coin de la rue, la vieille femme prit la direction suggérée par l'ange, qui n'était pas celle de l'église, mais du plus proche bar à bière. Ariel tenta de faire pression sur la malheureuse afin qu'elle fasse demi-tour — peine perdue, elle était d'un naturel obstiné et poursuivit sans mollir son chemin vers la gauche, comme il le lui avait mis en tête.

À sa propre surprise, la vieille Savolaise poussa la porte du bar et entra dans la salle où régnait un brouhaha de conversations. La fumée de cigarette en enveloppait une bonne moitié, il n'y avait pas un seul client du côté non fumeur. Senni Kärväinen se dirigea vers le comptoir. La patronne quinquagénaire de l'établissement, Helka Kaikkonen, la regarda avec des yeux ronds.

« T'neuz ! Senni ! Quô ç'que vos faites là ? »

Senni ne le savait pas vraiment elle-même, elle n'avait jamais mis les pieds dans un tel lieu.

« Ène nécessiteu intérieure, j'povois rieu fé d'ôte. »

On ne servait à cette heure ni café ni viennoiseries dans le bar animé, et Helka remplit pour Senni une grande chope de bière à la pression.

« J'peux bieu goûteu, les ôtes ont l'air d'trouveu cha bon.

— C'eut cadeau, c'eut gneu tous les joûs qu'on vous voit chi », déclara Helka en tendant sa boisson à Senni.

Celle-ci s'assit du côté non fumeur et but une longue gorgée.

« C'eut monvais, c'mét les hommes peuv'-ti lampeu ène décoction pareille ! Cha n'rime à rieu. »

Senni vida rapidement sa pinte, rota, et resta à attendre les effets.

« Cha me fait rieu. »

Helka lui servit une seconde chope, que Senni paya et alla boire à sa table. Quand elle l'eut aussi vidée, la patronne demanda :

« Voleuz-ti ène troisième ?

— Pouquô gneu. »

Au bout de trois bières, Senni Kärväinen se fit bavarde. Elle interpella les ivrognes qui fumaient et buvaient de l'autre côté de la salle et leur demanda s'ils avaient récemment fait une seule vraie journée de travail, et s'il y en avait un seul parmi eux qui pensait à autre chose qu'à écluser des pintes. De là, la conversation glissa sur le temps qu'il faisait et sur le nouveau médecin du centre de santé, qui était complètement fou. Au lieu de s'en tenir aux bons vieux remèdes, il vous prescrivait de nouveaux médicaments hors de prix. On commenta aussi les coupures de courant de l'hiver passé, quand les lignes avaient cédé sous le poids des manchons de neige, privant d'électricité des villages entiers. On se plaignit, enfin, de l'imbécillité sans nom des messieurs de Helsinki, qui parlaient de faire entrer les marécages du nord de Kerimäki dans le réseau Natura.

« V'là que j'ai envie d'picheu », lâcha Senni avec un petit rire surpris, après sa quatrième bière.

Helka l'accompagna aux toilettes. Elles y papotèrent encore un moment, puis Senni, son besoin naturel satisfait, jugea qu'il était temps pour elle de s'en aller. Ariel Auvinen poussa un soupir de soulagement, peut-être réussirait-il maintenant à la guider vers l'église comme on le lui avait demandé au départ. Mais Senni était têtue, impossible de la faire dévier de son chemin. Elle voulait rentrer chez elle, ses oreilles bourdonnaient et l'horizon tanguait. Il ne restait plus à l'ange gardien qu'à tenter de toutes ses forces d'aider la vieille dame à rentrer chez elle sans problème. Senni titubait sur la route, s'arrêtant par moments pour s'appuyer à un lampadaire ou à une clôture. Mais, refusant de s'avouer vaincue, elle poursuivait, tenace, son trajet sinueux vers sa maisonnette où ne l'attendait qu'un vieux chat au pelage emmêlé. Son mari, qui avait été toute sa vie gros buveur, était mort depuis déjà quinze ans.

« C'étoit adon cha l'sort deul'Anselmi, toudis rond comme ène queue d'pelle, l'pauve malheureux. »

Elle avait beau ne pas habiter bien loin, le retour lui prit plus d'une heure. Ariel Auvinen eut tout le mal du monde à l'empêcher de se faire écraser. Et à son grand dam, il dut aussi la guider vers le bas-côté pour faire pipi, car sa quatrième pinte avait fait son chemin dans ses boyaux et demandait à s'échapper.

Après avoir enfin réussi à piloter Senni Kärväinen jusque chez elle, où son chat l'accueillit avec stupéfaction, Ariel Auvinen retourna sur le parvis de l'église, où l'attendait l'ange Gabriel. Il avait un peu honte de cette virée au bar. Mais Gabriel déclara l'examen réussi, considérant que le candidat avait en fin de compte parfaitement réussi l'essentiel, pénétrer dans l'esprit de l'obstinée vieille femme, et que tout se serait sans aucun doute déroulé selon ses louables projets s'il n'avait pas commis au départ cette légère boulette. Choisir le droit chemin est souvent d'une difficulté insurmontable pour les hommes, et parfois même pour les anges.

4

Aaro Korhonen se voit assigner un ange gardien

Aussitôt après l'enterrement de la restauratrice Hilma Katariina Väisänen, l'on se réunit pour un déjeuner funèbre au restaurant Perho, que la défunte avait elle-même choisi, de même que le menu : blinis aux œufs de poisson, lavarets grillés sur la braise, légumes vapeur et, en dessert, gâteau tigré, le tout arrosé d'un vin blanc australien long en bouche, à l'arrière-bouquet mélancolique. Le repas fini, et après que quelques amis de la disparue eurent évoqué avec émotion sa vie et son œuvre et l'eurent remerciée pour ces mets simples mais mémorables, l'agent immobilier et les autres convives se retirèrent. Resté seul avec Viivi Ruokonen, Aaro Korhonen lui demanda, l'air dégagé, si elle aimerait continuer à tenir le salon de thé de la défunte, ou peut-être aussi un autre commerce, à petite échelle. La jeune femme s'y déclara disposée, elle avait maintenant ses habitudes dans le quartier.

L'atmosphère était sereine, presque heureuse. Une vie s'était terminée, un corps avait été incinéré, mais le reste de l'humanité était là, avec tout le temps du monde pour faire le bien ou le mal.

Aaro Korhonen se sentait d'humeur à s'épancher. Il expliqua à Viivi qu'il avait toujours travaillé et avait plutôt bien réussi, on pouvait lui faire confiance en tant qu'employeur. Au fil des années, il avait exercé différents métiers. Après des études de langues et de littérature, il avait été assistant de recherche à l'université d'Oulu, puis guide au Portugal, tout en pratiquant, avec dans les deux cas un certain succès, l'orpaillage et la spéculation boursière. Il avait aussi été marié et était père de deux enfants bientôt adultes. Sa femme et lui étaient séparés depuis déjà des lustres.

« Si je te raconte ça, c'est juste pour que tu saches à qui tu as affaire », conclut-il.

À Kerimäki, cet après-midi-là, le séminaire d'initiation des anges gardiens tirait à sa fin. Dans son discours de clôture, saint Pierre souligna que le plus important était avant tout de protéger les hommes des ruses et des artifices du démon. Il appela la bénédiction de Dieu sur les nouveaux anges gardiens et leur souhaita bonne chance pour leur mission difficile mais spirituellement gratifiante.

La cérémonie de clôture se fit particulièrement solennelle quand on lut aux impétrants un message du Fils de Dieu en personne, dans lequel il remerciait les participants pour le succès de cette semaine de formation et souhaitait à chacun de réussir dans son exigeant travail. Pour conclure, Jésus se déclarait convaincu que le chemin terrestre de l'humanité se trouverait facilité quand les participants au séminaire appliqueraient leur zèle à veiller sur elle. La protection des faibles était une manifestation de l'amour infini du Seigneur pour ses créatures, exprimé par l'entremise des anges.

L'âme émue, les cinq cents anges chantèrent en chœur, pour finir, l'intégralité des versets du cantique *Plus près de toi, mon Dieu.*

On assigna ensuite à chacun un mortel à protéger. Quand vint le tour d'Ariel Auvinen, les instances célestes durent faire face à un délicat problème. Son dossier indiquait qu'il n'était pas des plus aptes à exercer la mission d'ange gardien, car il s'était révélé particulièrement malhabile tout au long de sa vie. La soûlerie accidentelle de Senni Kärväinen, lors de l'exercice pratique de fin de stage, n'était pas non plus de nature à renforcer la confiance dans ses capacités de mentor, mais on ne triait pas les messagers de Dieu en fonction de tels critères, au ciel. À tout prendre, Ariel Auvinen était un bon ange. On décida donc de lui attribuer un protégé aussi facile que possible à gérer.

Le choix se porta sur Aaro Korhonen, qui, aux dernières nouvelles, venait de quitter Pietarsaari pour Helsinki, avait acheté un salon de thé et un petit appartement et avait chanté le matin même un cantique funèbre dans la chapelle du crématorium de Hietaniemi. L'homme semblait en tous points respectable et capable de s'occuper seul de ses affaires comme de celles de son entourage, et même un ange aussi maladroit ne parviendrait sans doute pas à semer la pagaille dans sa vie, et encore moins à l'exposer aux tentations du démon. On donna donc à Ariel Auvinen tous les renseignements utiles concernant son futur protégé et on lui souhaita bonne chance. Sans plus perdre de temps, il prit congé de ses camarades et déploya ses puissantes ailes. Il mit le cap sur le sud-ouest. Avec de la chance, il serait à Helsinki dans la soirée et pourrait aussitôt veiller sur Aaro Korhonen.

À vol d'oiseau, ou en l'occurrence à vol d'ange, la capitale se trouvait à un peu plus de 300 kilomètres de Kerimäki et, la vitesse de vol d'un messager céleste étant d'environ 170 kilomètres à l'heure, il n'y en avait que pour deux heures. Même le fort vent contraire ne pouvait ralentir Ariel Auvinen qui, avec ses ailes de plus de dix mètres d'envergure, fendait à vive allure l'air bruissant. Il faisait un temps magnifique, l'azur printanier se parait d'un voile arachnéen de nuages d'altitude qui atténuait agréablement l'éclat du soleil. L'ange gardien se reposait de temps à autre en planant majestueusement, et s'amusa même à décrire des cercles, porté par des courants ascendants, profitant de tout son être de sa nouvelle vie entre ciel et terre. Il avait bien assez longtemps foulé le plancher des vaches, plus de quatre-vingts ans au total, dans la pluie, la neige et le froid.

Des vagues d'oiseaux déferlaient à sa rencontre. C'était la saison des grandes migrations, oies, hareldes, garrots, grèbes et échassiers divers volaient vers le nord-est en direction de la toundra et de l'océan Arctique, chantant de joie et d'impatience. Ils avaient encore mille ou deux mille kilomètres à parcourir avant d'atteindre leurs lieux de nidification et de pouvoir commencer à pondre et à couver. Ariel Auvinen prit de la hauteur et contempla, la tête penchée, les immenses vols en V de grues qui, d'une aile sûre, filaient vers les tourbières inhabitées du Grand Nord. Leur troupe craquetante offrait un spectacle grandiose, vu d'en haut. Quand il était jeune, Ariel avait aimé observer les oiseaux et avait même envisagé une carrière de naturaliste. S'il avait alors pu voir une telle migration, son choix aurait été clair : l'ornithologie plutôt que la théologie.

Perdu dans ces agréables pensées, Ariel Auvinen planait quelque part aux alentours d'Imatra. Le lac Saimaa était splendide, par ce temps : les dernières glaces avaient fondu, libérant ses flots bleus, et quelques embarcations avaient été mises à l'eau. Deux voiliers voguaient au loin et des bateaux à moteur manœuvraient dans des anses abritées, peut-être déjà des pêcheurs occupés à poser leurs premiers filets de la saison. Réduisant son altitude, l'ange gardien remarqua que l'un des voiliers semblait en difficulté, il tentait de louvoyer vent debout, mais les rafales le faisaient dangereusement gîter et il s'était écarté du couloir de navigation. D'après ce qu'Ariel Auvinen savait des balises, le bateau se trouvait maintenant dans des eaux peu sûres, du mauvais côté de la bouée cardinale est. Il y avait urgence. L'ange gardien décida d'intervenir. Il descendit plus bas, réfléchissant à la manière dont il pourrait écarter la menace pesant sur le voilier. Il semblait y avoir trois personnes dans le cockpit, deux adultes et une fillette d'âge scolaire.

Les anges ont de nombreux moyens d'aider les marins en péril ou égarés dans des zones semées d'écueils. Ils peuvent momentanément faire tomber le vent afin de limiter les risques, ou, s'ils ne manquent pas d'imagination, augmenter la profondeur des flots sous les petits bateaux. Ariel décida d'essayer la première solution. Un appel à Dieu, et aussitôt les bourrasques se calmèrent, mais le voilier, sur sa lancée, poursuivit sa course vers les récifs que l'on apercevait du ciel, à fleur d'eau.

Dans l'effervescence du moment, tout à sa volonté de bien faire, Ariel Auvinen ne vit pas à temps la ligne à haute tension qui enjambait le lac à cet endroit. Ailes grandes ouvertes, il vola droit dessus et s'y emmêla. Des étincelles jaillirent des câbles électriques, de la fumée s'échappa de ses plumes, le courant fut coupé dans la ville d'Imatra. La rupture de la ligne à haute tension arrêta même les plus proches usines papetières, mais des centrales d'appoint prirent heureusement le relais pour alimenter les installations industrielles, les hôpitaux et les autres services essentiels.

L'ange réussit de justesse à s'agripper à l'un des câbles. En cet instant critique, il ressentit un pincement de jalousie à l'égard des hirondelles et des autres petits oiseaux qui parvenaient sans difficulté à se percher sur les fils télégraphiques sans avoir à gigoter comme lui.

Voir le voilier qui passait sous la ligne à haute tension virer élégamment de bord avant les écueils et regagner tranquillement des eaux sûres ne lui apporta qu'une maigre consolation. Il était accroché à deux mains au câble électrique, ses immenses ailes pendouillaient en torche, ses pieds pointaient vers les vagues du Saimaa. Des lèvres pieuses de l'ange gardien s'échappa un solide juron :

« Bon Dieu de merde ! »

Heureusement, les anges sont invisibles, et leurs paroles,

même inconvenantes, inaudibles aux oreilles humaines. Au bout d'un moment, Ariel Auvinen se résolut à lâcher le câble à haute tension et à reprendre son vol. Battant furieusement des ailes, il s'éleva dans le ciel et, après avoir retrouvé son sang-froid, poursuivit sa route vers Helsinki.

Il arriva dans la capitale dans la soirée, juste à temps pour voir Aaro Korhonen se promener bras dessus, bras dessous avec Viivi Ruokonen dans le cimetière de Hietaniemi. Tous deux étaient vêtus de noires tenues de deuil, mais semblaient d'une gaieté suspecte. Ariel Auvinen décida néanmoins de prendre les choses en main dès le lendemain matin. Son protégé devait être préservé de tout mal.

5

Première mission de protection

Une fois à Helsinki, Ariel Auvinen s'attela à découvrir quel genre d'homme était en fin de compte Aaro Korhonen. Il sonda son esprit, fouillant dans son passé et dans tout ce que son cerveau mettait sans qu'il en ait conscience à sa disposition. Il se renseigna également sur Viivi Ruokonen, car son œil vigilant de professeur de religion avait remarqué les tendres regards qu'elle échangeait avec son protégé. Il en résulterait peut-être une relation plus sérieuse, et qui sait un mariage; dans ce cas, sa mission d'ange gardien s'étendrait bien sûr à toute la famille.

Le dernier poste occupé par Aaro Korhonen avait été celui de gestionnaire d'une usine de granulés de bois de Pietarsaari, en Ostrobotnie. Il était natif de Savukoski, en Laponie, mais alors qu'il était encore tout petit sa famille avait emménagé à Trelleborg, en Suède, où son père et sa mère avaient trouvé du travail à l'usine automobile Saab. Une fois adulte, Aaro était revenu en Finlande, avait fait son service militaire et étudié quelques années à l'université, sans pour autant obtenir de diplôme. En plus des langues et de la littérature, il s'était intéressé à la sociologie. Il avait travaillé comme stagiaire, l'été, à la rédaction du *Quotidien de Turku*, puis comme assistant à la Radiodiffusion-télévision finlandaise. Il avait occupé de nombreux emplois, sans pourtant trop se disperser ni courir le monde à la poursuite de chimères. Il avait, tout naturellement, acquis des connaissances et de l'expérience dans différents domaines plus ou moins voisins et avait l'art de résoudre des problèmes difficiles et de s'adapter sans mal à presque tous les métiers.

En tant qu'ancien professeur de religion, Ariel Auvinen tenait bien sûr aussi à savoir si son protégé était croyant ou non, et à quelle Église il appartenait le cas échéant. De ce côté, une déception l'attendait : Aaro Korhonen, sans être franchement athée, était plutôt agnostique — s'il existait un au-delà, se disait-il, tant mieux, mais sinon tant pis.

En plus de ses diverses occupations professionnelles, Aaro avait écrit deux livres. L'un était une œuvre littéraire, une sorte de recueil d'historiettes : *D'Alta à l'Alaska, tribulations d'un orpailleur en quête de la roche mère.* L'autre un ouvrage traitant de l'ère d'internet, *Impact sociologique des marchés financiers internationaux — la paupérisation à l'heure des échanges monétaires électroniques*. Ariel Auvinen en conclut que son protégé avait une personnalité riche de multiples facettes, un caractère ferme et posé, de l'énergie et de nombreux talents. Son apparence n'était pas non plus déplaisante : à quarante ans, sa silhouette s'était un peu épaissie, mais il était plus solide que gras, et de haute taille. Les cheveux blonds, les dents saines.

Viivi était une jeune femme de vingt-cinq ans, bien faite, plutôt jolie. Elle était licenciée en administration des affaires et avait occupé des emplois de bureau dans un certain nombre de sociétés avant de changer de branche pour travailler dans le salon de thé de Hilma Väisänen. Elle avait eu quelques relations masculines, dont la dernière s'était, par coïncidence, terminée une semaine avant qu'Aaro n'apparaisse dans le paysage.

L'ange se jura de prendre bien soin de ces deux êtres. Ils en valaient la peine. Peut-être pourrait-il en même temps, sans avoir l'air d'y toucher, éduquer un peu Aaro, au moins, car il avait de l'étoffe et pouvait prétendre à tout. En tant que professeur de religion — retraité ou pas depuis plus de quinze ans et mort ou pas l'hiver passé — Ariel Auvinen ne pouvait se résoudre à laisser sa mission éducative en jachère. Il était déjà tard, et Viivi et Aaro partirent chacun de leur côté : elle regagna son studio de la rue Calonius, à deux pas de là, lui son hôtel, le Tapiola Garden. Avant de se séparer, ils se donnèrent rendez-vous au salon de thé le lendemain. Ils devaient discuter en détail de la poursuite et du développement des activités de l'établissement. Ils envisageaient de fonder un nouveau lieu accueillant, mêlant restauration et culture, et débordaient tous deux d'excellentes idées. Peut-être pourrait-on vendre, en plus de pâtisseries et de chocolats chauds, des livres d'occasion… une bouquinerie ferait bon ménage avec le salon de thé.

Ariel Auvinen alla lui aussi se coucher : les anges, avec l'insouciance des êtres immatériels, dorment en planant doucement dans le ciel. Dans son sommeil, blotti en chien de fusil, la tête et le bras gauche dans le creux de son aile, porté par le vent nocturne, il dériva vers le nord-est jusqu'à Hämeenlinna, mais il lui suffit au matin de quelques vigoureux coups d'aile pour retourner à Helsinki. On avait sérieusement besoin de lui au Salon de thé Väisänen, où Aaro et Viivi s'étaient donné rendez-vous. La jeune femme était occupée à remplir des formulaires afin d'obtenir pour le nouveau propriétaire le droit de reprendre l'exploitation de l'établissement et d'ajouter à sa licence, en plus de ses activités précédentes, la vente de boissons fermentées. Il fallait aussi demander l'autorisation de transformer les locaux à cet effet, conformément à la réglementation — installations sanitaires, formation du personnel, protection contre l'incendie… d'innombrables démarches bureaucratiques devaient être accomplies avant qu'Aaro Korhonen puisse poursuivre, rue Mechelin, l'œuvre de Hilma Väisänen. Viivi, forte de son diplôme et de son expérience pratique, était bien armée pour compléter correctement tous les documents nécessaires, et quand Oskari Mättö se présenta au volant de son corbillard pour récupérer son costume noir, il promit d'aller les porter aux administrations concernées. Tous étaient convaincus qu'il s'agissait d'une simple formalité. Il ne pouvait être que bénéfique, du point de vue de la société et des autorités, que le vieux salon de thé se tourne vers des activités plus culturelles.

Une fois Oskari parti accomplir sa mission puis conduire des morts au cimetière, Viivi et Aaro s'attelèrent à l'élaboration du programme hebdomadaire de la future bouquinerie-salon de thé. La jeune femme pensait que l'on pourrait ouvrir dans quelques jours à peine, le temps d'installer les appareils frigorifiques et le nouveau mobilier.

L'ange gardien Ariel Auvinen arriva sur ces entrefaites et, après avoir étudié avec inquiétude les projets d'Aaro et Viivi, décida qu'il fallait y couper court au plus vite, et sans hésitation. Il était hors de question, songea effaré l'ancien professeur de religion, que son protégé se mette comme si de rien n'était, sans s'inquiéter des conséquences, à vendre dans son salon de thé des boissons alcoolisées et de la littérature de bas étage, de toute évidence suspecte. Il était temps d'agir, sa première mission de protection l'attendait. Le moment était venu de mettre en pratique sa formation céleste, d'une main ferme et sans pitié.

Ce jour-là, l'ange gardien fit le tour de toutes les administrations où Oskari Mättö avait déposé les demandes rédigées par Viivi et, utilisant ses pouvoirs, s'arrangea pour les faire rejeter. Cela n'exigea guère d'efforts : il instilla dans l'esprit de l'expert en prévention des incendies la dérangeante idée d'un feu de graisse dans le salon de thé de la rue Mechelin ; au bureau des permis de construire, par l'intermédiaire de la standardiste, il abreuva l'ingénieur en charge du dossier de telles menaces qu'il lui embrouilla totalement l'esprit ; il obligea le responsable de la commission des affaires sanitaires à prendre par téléphone, en plein déjeuner, l'avis d'au moins deux médecins du travail qui déclarèrent, effarés, qu'ils s'opposaient, même à titre expérimental, à l'ouverture d'un tel nid de microbes ; et pour finir, un peu fatigué, il entra en contact avec le fonctionnaire chargé, à l'échelon de la direction, de la gestion des licences de débit de boisson, qui, à sa propre stupéfaction, se mit en tête de rejeter en bloc la demande qu'il avait sans y réfléchir acceptée le matin même, au motif qu'elle allait à l'encontre des décrets relatifs aux bonnes mœurs et à la vente d'alcool. L'inoffensif projet de salon de thé d'Aaro Korhonen et de Viivi Ruokonen se trouva ainsi étouffé dans l'œuf.

La jeune femme fut informée par téléphone de ces décisions express. Aaro Korhonen, furieux, exigea des explications. Où était le problème ? Helsinki était plein de gargotes plus sordides les unes que les autres servant de quartier général à des bandes d'ivrognes et aux pires mafieux des pays voisins, mais on interdisait l'ouverture d'une bouquinerie-salon de thé accueillante et bien tenue, dans une ville où il y avait à l'évidence suffisamment de clients désireux de se nourrir le corps et l'esprit et, dans le meilleur des cas, de prendre du bon temps en toute modération.

6

Aaro dort dans le lit d'une morte

Ulcéré, Aaro Korhonen fit le tour des administrations helsinkiennes. Il voulait savoir pourquoi on refusait une licence de débit de boisson à l'établissement qu'il voulait ouvrir, et pourquoi les autorités responsables de la prévention des incendies et des affaires sanitaires se dressaient sur son chemin alors que tous les documents concernant le projet étaient en règle. Les fonctionnaires eux-mêmes se posaient la question, mais uniquement en leur for intérieur. Ils étaient d'accord avec lui, au fond, mais s'empressèrent d'invoquer différents décrets et règlements qu'ils avaient rassemblés en toute hâte pour se couvrir. Ils craignaient qu'Aaro Korhonen se plaigne de leurs méthodes et qu'ils soient obligés de répondre de leurs décisions stupides. En bons serviteurs publics, ils lui firent toutefois remarquer, pleins de morgue, qu'il existait certes des voies de recours, mais que la procédure était longue et coûteuse et n'aboutirait vraisemblablement pas à inverser le verdict. Mieux valait pour lui ne pas s'énerver, et surtout surveiller son langage et éviter de franchir la limite entre récriminations et menaces. La mission des fonctionnaires était encore sacrée dans ce pays, il avait intérêt à s'en souvenir.

Une mission sacrée, l'ange gardien Ariel Auvinen aurait pu reprendre l'expression à son compte, l'âme en peine, en suivant son protégé dans les différentes administrations. Il n'avait été animé que de bonnes intentions en se mêlant du projet de reprise du salon de thé pour le réduire à néant. Aaro ne voyait-il pas qu'il n'avait rien d'un bistrotier ne cherchant qu'à pousser au vice et à précipiter vers leur perte de malheureux mortels ? Les choses avaient en fin de compte pris un tour plus sobre et plus louable, Aaro s'en rendrait sûrement lui-même compte au fil du temps. Ariel Auvinen décida malgré tout de dédommager son protégé, d'une manière ou d'une autre, pour les revers qu'il avait essuyés. Peut-être pourrait-il verser sur son compte en banque une belle somme d'argent ? Les anges ont des moyens considérables dans ce domaine, on ne joue pas des haricots, au ciel. Le fait est que l'argent est une notion immatérielle, et les esprits, à cet égard, sont immensément riches. L'ancien professeur de religion constata pour la première fois de son existence qu'il était capable de transférer d'énormes montants, et il ne s'en priva pas. Si seulement il avait pu manipuler aussi facilement l'argent de son vivant ! Que n'aurait-il donc pu s'offrir, quelle vie n'aurait-il pu mener… Aaro Korhonen avait maintenant plus de ressources financières qu'il n'en avait lui-même eu tout au long de sa vie.

Tout autant que l'ange gardien, les fonctionnaires helsinkiens sortirent de cette altercation avec le sentiment glaçant qu'Aaro Korhonen était un adversaire redoutable, prêt à se battre jusqu'au bout. Quand il plantait son regard furieux dans les yeux de son interlocuteur, celui-ci se voyait contraint de courir aux toilettes. Ariel Auvinen se trouvait lui aussi en difficulté. Il fallait bien l'admettre, son protégé lui donnait du fil à retordre. Il n'était pas d'un caractère facile. Tout d'une pièce, la tête dure.

Quelques jours plus tard, le mobilier de Hilma Väisänen fut vendu aux enchères au plus offrant, qui se trouva être Aaro Korhonen. Son acquisition ne lui coûta pas bien cher, car les vieux meubles et objets de la défunte n'intéressaient pas grand monde.

À Pietarsaari, Aaro avait disposé d'un logement de fonction. Il ne possédait que peu de biens mobiliers, à part des livres et quelques effets personnels. Débarrasser les lieux était donc facile. Il se mit d'accord avec Oskari, qui avait l'expérience des déménagements, pour faire un jour un saut là-bas et rapporter à Helsinki le contenu de sa bibliothèque et ses autres affaires.

L'appartement de Hilma Katariina Väisänen était en fin de compte tout à fait charmant. Les meubles du salon étaient vieux de plus d'un siècle. Les murs de l'une des chambres étaient couverts d'étagères débordant de livres rangés sur deux épaisseurs, avec dans un coin deux authentiques canapés Biedermeier datant de 1788, qui avaient été depuis recouverts à neuf, ainsi qu'une élégante petite table et un lampadaire. Aaro constata qu'il avait été fabriqué en 1919 et provenait de Saint-Pétersbourg, d'où il était arrivé par des voies mystérieuses en Finlande, à l'abri des soubresauts de la révolution. Au plafond du séjour scintillait un lustre de cristal dont la seule vue arracha à Ariel Auvinen un soupir d'envie : ni lui ni sa femme n'avaient jamais pu posséder pareil trésor. Dans la salle de bains, Viivi fit admirer à Aaro les produits de beauté de la défunte, rouges à lèvres, parfums Yves Saint Laurent, petits pots par dizaines. Sur les cintres du dressing pendaient des tenues en soie : peignoirs, cape, pyjamas. D'authentiques tapis d'Orient recouvraient les sols.

Viivi se vanta d'avoir ciré une fois par mois le parquet récemment refait en stratifié solide. Elle s'occupait de Hilma depuis de nombreuses années et avait même acheté pour son compte de coûteuses œuvres d'art — Dieu sait combien il y en avait, numérotées et stockées au grenier. Il s'y trouvait plusieurs toiles d'Edelfelt, pour la plupart des copies de bonne facture, mais aussi au moins un ou deux originaux. Elles étaient enveloppées dans du carton ondulé, et bien sûr pas dans des sacs en plastique.

Les livres étaient classés en bon ordre. D'après Viivi, il y en avait plus de dix mille, on les avait comptés deux ans plus tôt quand on avait dépoussiéré à fond la bibliothèque. Aaro jeta un coup d'œil à la tranche des reliures de cuir : Giuseppe Acerbi, Fenimore Cooper, Johannes Linnankoski, rien que des éditions princeps. Il y avait aussi l'intégrale de Raymond Chandler, reliée, une édition pleine peau des œuvres de jeunesse de Tacite, en tchèque, un manuscrit inédit mais également relié avec soin de Pentti Haanpää, *Les Coureurs de tourbières*, la première édition en finnois du journal de Nordenskiöld, la traduction de la Bible par Lars

Leevi Laestadius et même un manuel d'histoire naturelle et de floristique de 129 pages publié en 1898 — une rareté.

Viivi s'attarda dans la salle de bains, où elle essaya les bâtons de rouge de Hilma Väisänen. Le résultat était séduisant, Aaro dut bien l'admettre, mais les produits de beauté ne risquaient-ils pas d'être trop vieux ? Peut-être étaient-ils périmés.

Viivi répliqua qu'un maquillage de ce prix pouvait se transmettre de génération en génération, il se gardait éternellement, comme les grands vins.

Il y avait assez d'objets et de livres pour pouvoir ouvrir une brocante et une bouquinerie en plus du petit salon de thé.

« Est-ce que je pourrais dormir la nuit prochaine dans un de ces vêtements de soie ?

— Tu peux même tout prendre, si tu veux », acquiesça Aaro.

Une fois que la jeune femme fut rentrée chez elle, il mit des draps propres dans le lit de la vieille dame. C'était un peu perturbant de prendre la place d'une morte, mais il se réfugia dans la lecture d'un bon livre, *Souvenirs de la maison des morts* de Fiodor Dostoïevski, et s'endormit bientôt d'un sommeil heureux.

Il était temps pour l'ange gardien de se retirer lui aussi. Ariel Auvinen s'envola en direction de la rue Calonius, où il jeta un coup d'œil par la fenêtre du troisième étage dans le studio de Viivi. Elle se regardait dans son miroir, revêtue de la cape de soie de la défunte, qui épousait à merveille les courbes de son corps juvénile. Quand elle la laissa tomber de ses épaules, l'ange, rougissant, s'éloigna en planant vers le cimetière de Hietaniemi, prit de l'altitude et, se laissant bercer par les nuages nocturnes, s'assoupit sans tarder. Les oiseaux dorment la tête repliée sous l'aile, les anges en position fœtale. Les anges sont fondamentalement des mammifères, les oiseaux des oiseaux.

7

Un corbillard de livres

Les jours de Noël, de la Saint-Jean, du Premier Mai et de la fête des Mères, on n'enterre personne, et les morts doivent attendre que les vivants aient fini de s'amuser. Que penseraient-ils donc d'être ensevelis le Premier Mai, au milieu des flonflons et de la liesse populaire ? Rien ne serait moins digne. Et cela vaut pour tous les autres jours fériés. En l'occurrence, on approchait de la fête des Mères, fixée au deuxième dimanche de mai. Aaro Korhonen décida donc d'en profiter pour aller à Pietarsaari chercher ses livres et ses autres affaires avec Oskari Mättö. Ce dernier s'arrangea avec le patron des Pompes funèbres Lindell pour emprunter le corbillard, puisqu'on n'en aurait pas besoin, ce week-end, pour transporter des corps. Il faisait un camion de déménagement idéal, avec son grand coffre, et les possessions d'Aaro tiendraient à l'aise sur le catafalque. Oskari était l'homme de confiance de l'entreprise, et le laisser utiliser le fourgon pour autre chose qu'un convoi funéraire était tout naturel. Lindell lui posa cependant comme condition de rouler doucement et de ne pas ficeler sur le toit de fauteuil à bascule ou autres objets de ce genre. Mais l'on pouvait charger à l'arrière autant de livres et de bagages qu'il était matériellement possible.

Viivi Ruokonen aurait aimé venir, mais hélas c'était impossible car il n'y avait que deux sièges à l'avant du corbillard. Il y aurait certes eu une couchette disponible, mais uniquement à l'aller, et la jeune femme aurait donc dû revenir de Pietarsaari par ses propres moyens, ce qui ne semblait guère raisonnable. Aaro aurait bien sûr aussi pu rentrer à Helsinki de son côté, en train, par exemple, mais Viivi ne voulait pas non plus le priver de sa place de déménageur. La veille de la fête des Mères, en fin d'après-midi, les deux hommes partirent donc pour l'Ostrobotnie suédophone. Oskari philosopha :

« On fête les mères, mais qui songe que beaucoup d'entre elles ne cessent de se répandre en jérémiades ? La plupart élèvent leurs enfants en dépit du bon sens et, au seuil de l'âge mûr, se mettent à grossir au point de pouvoir à peine passer les portes. »

Aaro admit qu'il y avait du vrai là-dedans, à bien y réfléchir, sa défunte mère aussi avait été une sacrée râleuse, une éducatrice médiocre et, en vieillissant, une grosse dondon.

« Mais je l'aimais, elle avait vraiment un cœur d'or. »

Ils arrivèrent dans la soirée à Pietarsaari, où ils passèrent la nuit dans le logement de fonction qu'Aaro avait occupé en tant que gestionnaire de l'usine de granulés de bois. Au réveil, tôt le lendemain matin, ils commencèrent à emballer ses affaires. Ce fut vite fait, car ils laissaient les meubles sur place. Ils portèrent les livres, dont il y avait plusieurs centaines, dans le corbillard, puis entassèrent dessus le linge de maison d'Aaro, quelques costumes, une caisse pleine de chaussures et de divers autres objets. L'arrière du fourgon se remplit jusqu'au toit de littérature et de vêtements.

Ils furent bientôt prêts à prendre le chemin du retour. Le directeur général de l'usine, venu saluer Aaro, se déclara désolé de sa démission. Lui-même avait l'intention de prendre sa retraite dans deux ans, et il aurait de toute évidence été choisi pour lui succéder, au vu de ses excellents résultats au poste de gestionnaire. D'un autre côté, on comprenait à Pietarsaari qu'Aaro Korhonen, à quarante ans à peine, ait d'autres ambitions. Il n'y avait pas dans cette petite ville d'aussi belles possibilités de carrière qu'à Helsinki.

« Mais n'oublie pas que si tu veux revenir à Pietarsaari, il y aura toujours du travail pour un homme de ta trempe », déclara en guise d'adieu le directeur général.

Puis il demanda s'il pouvait faire un petit tour au volant du corbillard, car il n'avait encore jamais pu tenter l'expérience. Il était certes à peu près sûr d'avoir un jour l'occasion d'y voyager comme passager, mais il n'y prendrait pas le même plaisir qu'aujourd'hui. Oskari lui donna les clefs et il put parcourir la ville, à petite vitesse, avec une solennelle dévotion. De retour à l'usine, le directeur général souhaita une bonne fête des Mères aux deux déménageurs, qui purent ainsi prendre la route.

L'ange gardien Ariel Auvinen était lui aussi venu à Pietarsaari, bien décidé à veiller à ce qu'aucun incident ne perturbe le trajet de retour. C'était sa mission, et il prit donc de l'altitude pour voler au-dessus du corbillard tel un pilote à la proue d'un navire. Oskari était pourtant capable de trouver le chemin de Helsinki sans guide céleste, une carte routière ordinaire suffisait.

Les deux hommes roulaient tranquillement. Aaro faisait des projets pour sa brocante et sa bouquinerie. Oskari promit de venir de temps en temps boire une tasse du café de Viivi, accompagnée d'un beignet à la confiture. Il pourrait peut-être même acheter un roman policier ou deux. Il se proposa aussi pour aider à porter les livres de Hilma de l'appartement à la boutique.

En Ostrobotnie du Sud, ils empruntèrent pour changer des routes de campagne, traversant de petits villages isolés. Aaro songea qu'il pourrait passer par là plus souvent afin d'acheter de vieux objets, des barattes, des hottes en écorce de bouleau et d'autres antiquités paysannes pour son magasin. Un peu plus loin, la route croisait la voie de chemin de fer de Parkano. Ariel Auvinen, qui planait à cinq cents mètres d'altitude, vit arriver du sud un convoi de marchandises d'une longueur inimaginable. Par mesure de précaution, il décida de forcer l'allure du corbillard qui peinait sous le poids de son chargement de livres afin qu'il franchisse avant le train, en toute sécurité, le passage à niveau non protégé. Aaro, au volant, s'aperçut vite que le fourgon accélérait. Oskari s'étonna aussi : avait-on boosté le vieux moteur, lors du dernier entretien, pour qu'il se réveille ainsi tout seul ?

Le train fonçait vers le nord plus vite qu'il n'avait semblé vu du ciel. Ariel Auvinen se demanda s'il ne serait pas finalement plus sage de ralentir et d'attendre tranquillement que le convoi de marchandises soit passé. Il fallait se décider sans tarder, le passage à niveau n'était qu'à un kilomètre. L'ange gardien choisit malgré tout de prendre le risque et écrasa le champignon.

« Allons bon ! s'exclama Aaro Korhonen. On dirait que l'accélérateur est coincé, la voiture s'emballe. »

Oskari fit remarquer qu'on n'était plus à l'époque des corbillards hippomobiles et qu'il n'était pas dans les habitudes du fourgon de prendre le mors aux dents, du moins quand il le conduisait.

Le compteur de la vieille Chevrolet atteignait cent à l'heure, et ce n'étaient pas des kilomètres, mais des miles. Aaro Korhonen transpirait au volant, les freins ne répondaient plus, la vitesse ne faisait qu'augmenter. On arrivait à un passage à niveau, et un train approchait à toute allure.

« On est bons pour le grand saut ! » lâcha Aaro, qui ne croyait pas si bien dire. Sirènes hurlantes, la locomotive se ruait vers eux tel un effroyable pilon, et si la vitesse du corbillard n'avait pas été aussi insensée, au moins deux cents à l'heure, le train l'aurait écrasé. Mais, à la toute dernière seconde, le fourgon bondit en avant et poursuivit sa course folle.

« Sauvés ! » eut le temps de crier Aaro, mais le constat était prématuré. Le corbillard roulait trop vite et, quand la ligne droite se termina par un virage, il continua droit dans les champs tel un missile noir. À la lisière de la forêt, il capota, s'écrasa sur le toit et s'immobilisa, les roues vers le ciel. Des centaines de livres éjectés par les fenêtres et par le hayon jonchaient le sol, leurs pages palpitant dans le léger vent sec du printemps.

L'ange gardien Ariel Auvinen fondit tel un faucon émerillon sur la plaine recouverte de livres et contempla, catastrophé, le résultat de son intervention.

« Bordel de Dieu ! » laissa-t-il échapper.

8

Nouvelles difficultés envoyées du ciel

Aaro Korhonen et Oskari Mättö rampèrent hors de l'amas de tôles froissées, le visage en sang. Ils se remirent en chancelant sur leurs pieds et se palpèrent pour vérifier qu'ils n'avaient pas d'os brisés. De ce côté, tout allait bien, et l'ange gardien en fut particulièrement heureux. Malgré l'accident, il avait réussi à la dernière seconde à éviter le pire aux deux amis.

Le chargement de livres s'était éparpillé dans les champs sur des centaines de mètres, sur une aire d'un demi-hectare. Les habitants du plus proche village ostrobotnien avaient de la lecture pour plusieurs années. Aaro entreprit de rassembler ses possessions. Il mit la main sur un ouvrage qu'il avait lu plusieurs fois, *La Vie et les Aventures de Nicholas Nickleby* de Charles Dickens. Oskari lui fit remarquer qu'il serait peut-être plus sage, malgré tout, de laisser momentanément tomber sa passion, certes louable, pour la lecture et d'aller se faire examiner par un médecin, par exemple dans un centre de santé. Sans doute, admit Aaro, qui avait le vertige et éprouvait par moments des difficultés à tenir debout.

Ils sortirent leurs téléphones portables, appelèrent le centre de secours et demandèrent qu'on leur envoie une ambulance. À la suite d'une violente sortie de route, leur corbillard avait fini sur le toit dans un champ.

À l'autre bout du fil, on leur enjoignit de prendre les choses calmement, puis on leur demanda où se situait exactement le lieu de l'accident.

« En Ostrobotnie, répondit Aaro.

— On a franchi un passage à niveau et on est tout près, on voit la voiture de la route », précisa Oskari.

Aucun d'eux ne savait dans quelle commune s'était produit l'incident. L'ange gardien ne connaissait pas mieux la géographie de la région. Au centre de secours, on leur conseilla de demander à un habitant où ils se trouvaient et de rappeler ensuite afin que l'on puisse leur envoyer de l'aide.

Il n'y avait aucun village à l'horizon. La désertification des campagnes était passée par là. De vastes champs s'étendaient de part et d'autre de la voie ferrée, on n'apercevait même pas une grange. Les deux hommes hésitaient, devaient-ils partir à pied au hasard, affaiblis comme ils l'étaient ? C'est alors que surgit au bout du champ un tracteur tirant une remorque chargée de sacs d'engrais. Il vint s'arrêter près d'eux. De la cabine descendit un vieux paysan ostrobotnien râblé qui leur demanda ce qu'ils fabriquaient sur ses terres.

« Vous n'avez point l'air bien frais. »

Aaro et Oskari lui racontèrent ce qui était arrivé.

« Vous êtes marchands de livres ? »

Ils expliquèrent au fermier qu'il s'agissait d'un déménagement. Leur corbillard gisait là tout près, sur le toit, il avait quitté la route.

L'homme s'approcha du fourgon et se gratta la tête.

« Il y a un mort dedans ? »

Ils le détrompèrent : ils n'étaient pas en route pour le cimetière, mais pour l'hôpital. Il n'y avait ni mort ni cercueil.

« C'est tant mieux qu'aucun trépassé n'ait eu à décéder deux fois. Même un mort ne serait pas sorti vivant d'un tel choc. »

Les deux amis lui demandèrent où l'on était.

« Ben… on est dans le hameau de Lettopohja… Pohjanväpsee commence de l'autre côté de la voie ferrée.

— Quelle commune ? C'est encore Laihia, ou déjà Jurva ?

— C'est et ç'a toujours été Kurikka. »

Aaro rappela le centre de secours. Une fois la communication établie, il put donner des informations plus précises sur le lieu où ils se trouvaient. Le fermier prit le téléphone.

« Envoyez l'ambulance à l'épicerie de Lettopohja, je vais y conduire les blessés, on y sera en même temps que vous si vous venez depuis Seinäjoki. »

Il aida les victimes de l'accident à grimper dans la remorque, sur les sacs d'engrais. Puis il fit faire demi-tour à son tracteur et le conduisit vers la route en faisant attention de ne pas écraser sous ses roues les livres éparpillés dans le champ. Il se tourna pour regarder par-dessus son épaule et cria de sa cabine :

« Bouquineur, moi aussi. »

L'épicerie de campagne était à cinq kilomètres. En ce jour de fête des Mères, elle était fermée. Aaro et Oskari descendirent de la remorque. Le soleil était chaud, Aaro s'allongea sur le quai de déchargement du magasin. Oskari essuya le sang de son visage. Le vieil épicier sortit sur le pas de sa porte, apportant une serviette. Il avait vu dans quel état étaient les arrivants.

« Je vous proposerais bien un café, mais ma femme est partie à la kermesse de la fête des Mères. Heureusement que je suis resté là, pour vous être utile. Ces messieurs veulent-ils de la limonade, autrement dit de la bière ? »

Il apporta une bouteille d'eau minérale et deux canettes de bière. Oskari en prit une, Aaro se contenta d'eau. La tête lui tournait. Ils demandèrent à l'épicier combien ils lui devaient.

« La maison vous l'offre, ça fait des dizaines d'années qu'on n'a pas eu de visiteurs aussi ensanglantés, ici. La dernière fois, c'était en 1918, à l'époque de mon grand-père. Nous sommes une vieille famille de commerçants. »

On entendit au loin la sirène de l'ambulance. Bientôt celle-ci s'arrêta devant l'épicerie. Oskari termina sa bière et, avec le chauffeur, aida Aaro à s'installer sur le brancard. Lui-même prit place à l'avant, sur le siège passager.

L'hôpital régional de Seinäjoki était à plus de trente kilomètres. L'ambulancier alluma le gyrophare et appuya sur l'accélérateur. Curieusement, le véhicule ne réagit pas comme à l'accoutumée, refusant de dépasser les soixante-dix kilomètres à l'heure.

« Qu'est-ce que c'est que ce bordel ? » s'étonna le chauffeur.

La réponse était simple : Ariel Auvinen avait tiré la leçon de l'accident et veillait maintenant à ce que l'ambulance, au moins, ne roule pas trop vite et ne finisse pas dans le fossé comme le corbillard. Et à son avis, pour éviter tout danger, mieux valait rouler largement au-dessous de cent à l'heure.

À cette allure, ils arrivèrent à l'hôpital régional dans l'après-midi. On examina les blessés, on nettoya et on sutura leurs plaies et, pour finir, on les plaça en observation. On soupçonnait, dans le cas d'Aaro, une commotion cérébrale. L'état d'Oskari inspirait moins d'inquiétudes.

Aaro Korhonen s'endormit et ne se réveilla que dans la soirée, quand on lui apporta à dîner. Après avoir mangé, il songea soudain à téléphoner à Viivi à Helsinki. Il lui raconta en bref l'accident. Très inquiète, elle lui ordonna de rester couché et promit de venir au plus vite à Seinäjoki s'occuper de tout.

Le lendemain matin, la jeune femme, le front soucieux, se présenta à l'hôpital. Elle avait loué une grosse camionnette et fait d'une traite le trajet de Helsinki à Seinäjoki. Elle avait aussi téléphoné à Lindell afin de le prévenir qu'elle se rendait sur place pour régler les suites de l'accident.

Oskari était suffisamment remis pour pouvoir aller avec elle ramasser les livres dans les champs de Lettopohja. Il leur fallut cependant d'abord attendre la police. Celle-ci arriva une demi-heure plus tard en la personne d'un agent qui interrogea les deux hommes sur les circonstances de l'accident. Aaro expliqua que l'accélérateur du fourgon s'était bloqué à fond, l'obligeant à dépasser la vitesse autorisée. Il n'aurait pas roulé à deux cents à l'heure, sinon, et surtout pas à l'approche d'un passage à niveau.

« Si on avait ralenti, le train nous aurait écrasés », tenta de plaider Oskari Mättö.

Le policier nota : le conducteur admet avoir roulé à 200 km/h dans un corbillard, le coupable est une pédale.

9

Scènes de bivouac dans le Grand Nord

La compagnie d'assurances se chargea de récupérer l'épave du corbillard. Viivi s'occupa de ramener à Helsinki les deux amis et leurs livres. Aaro, qui se remettait peu à peu de sa commotion cérébrale, put se consacrer à l'ouverture de sa bouquinerie-brocante. Oskari Mättö descendit au rez-de-chaussée les livres, les tableaux et les vieux meubles de Hilma Väisänen. Aaro lava les vitres, côté rue, et mit en devanture quelques ouvrages pris au hasard, susceptibles, selon lui, de retenir l'attention des passants : *La Conquête du mont Halti* de Kaarina Karin (Kisakalliosäätiö, 1978), *Gustav Mannerheim 1906-1917* de Stig Jägerskiöld (Otava, 1965), *Sibelius Hall — An Architecture of Wood and Light* de Katriina Jauhola-Sorjonen (Edita, 2000), plusieurs tomes des aventures de Pekka Lipponen et de Kalle-Kustaa Korkki, signées Outsider, et *Le Maître et Marguerite* de Mikhaïl Boulgakov (WSOY, 1968).

L'ange gardien Ariel Auvinen, tout sourire, regardait son protégé installer sa vitrine. Il songeait avec jubilation que Boulgakov avait raison : Satan avait si bien fait son travail, à Moscou, que tout le système s'était écroulé sous le poids de sa propre absurdité. Heureusement, une ère nouvelle était née, et Satan avait été chassé d'Europe, ou du moins de Helsinki, où l'on vivait maintenant sous le règne des anges. « Il y a bal chez Ariel Auvinen », s'amusa l'ancien professeur de religion.

Viivi ouvrit le salon de thé, qui servait désormais des pâtisseries commandées au meilleur artisan des pays nordiques, Alenius, qui tenait boutique près du parc de Kaivopuisto.

Aaro Korhonen avait le sentiment d'avoir atteint le but de son existence. La tranquillité et le bonheur, que demander de plus ? Il était assis dans le salon de thé à lire le dernier numéro de la revue *Bibliophilos*, qui contenait un intéressant article sur les poissons et les oiseaux de la Renaissance. La vie lui semblait plus que parfaite, d'autant que Viivi venait de lui servir un thé au miel et un beignet encore tiède.

Une averse de grésil, marque de fabrique du printemps finlandais, vint un peu assombrir l'atmosphère, mais ce n'était qu'un coup de semonce : l'ange gardien balaya les nuages du ciel, laissant briller le soleil.

« Les choses se présentent plutôt bien pour nous, tu ne trouves pas, Aaretti ? lança Viivi Ruokonen à Aaro.

— C'est vrai. Même les effets de ma commotion cérébrale s'estompent. »

Elle le regarda manger son beignet saupoudré de sucre. Il lui était sympathique, même s'il était un peu vieux pour elle, à déjà quarante ans. Dommage, mais ce n'était pas grand-chose, au fond, quinze ans d'écart. Dans les couples, les hommes meurent de toute façon les premiers, quelle différence cela pouvait-il faire d'être veuve cinq ans plus tôt ou plus tard ? Viivi se sentit soudain honteuse et furieuse de ces étranges pensées. En quoi la vie de ce quasi-inconnu la regardait-elle ? Mais sa présence ne la laissait pas indifférente. Elle lui demanda s'il avait réellement écrit de vrais livres. Aaro la regarda dans les yeux, désarçonné, puis rougit. Il expliqua d'un ton précipité qu'il avait juste commencé à écrire, sans but précis, sur l'histoire de sa région natale… une sorte de description romancée de la vie du village forestier de Savukoski.

« Une chronique, si tu préfères, mais ça ne donnera sans doute rien, une entreprise littéraire de cette sorte est compliquée pour un novice. »

Viivi songea qu'Aaro aurait sans doute mieux fait de rester gestionnaire de l'usine de granulés de bois de Pietarsaari, ses revenus auraient été mieux assurés. Et où se trouvait donc Savukoski, quelque part dans le Nord ?

« Est-ce que tu en as déjà écrit beaucoup, est-ce que je peux le lire ? »

Aaro Korhonen se leva d'un bond de sa chaise et courut à l'appartement chercher sa sacoche. Il en sortit un paquet de feuilles qu'il étala sur la table du salon de thé. Viivi se pencha pour regarder le manuscrit et lut sur la page de titre :

Savukoski. Chronique d'un village du Grand Nord du Moyen Âge au troisième millénaire, par A. Korhonen.

Aaro raconta timidement qu'il avait brossé, pour ouvrir

le livre, le portrait d'un chasseur d'ours de Savukoski, avec une évocation de l'atmosphère d'un bivouac, au cœur de l'hiver, dans les années soixante.

« J'étais à peine né, à l'époque, mais on peut écrire ce qu'on veut dans les livres », se justifia-t-il, masquant mal son enthousiasme. Puis il lut à Viivi quelques passages mettant en scène le chasseur de gros gibier Albert Ikäheimo, dit Ikä-Alpi, installant son camp.

Alpi a abattu un pin mort sur pied, l'a tronçonné et en a disposé deux longs billons l'un au-dessus de l'autre. Il fend maintenant un rondin et taille dans son cœur de fins copeaux de bois sec. Quand il y en a assez, il les ramasse et les glisse dans la fente entre les billons. Puis il les allume, et bientôt les flammes gagnent les tronces de pin, qui commencent à se consumer lentement, à petit feu. Le naïda — la fente ardente, comme l'appellent les bûcherons du Nord — est prêt, Alpi se prépare à dormir à la belle étoile près d'un ruisseau gelé, dans la vallée de Pöytesvaara.

« J'ai peur que ce genre de scènes ne te passionnent pas », s'inquiéta Aaro, mais Viivi l'encouragea à poursuivre sa lecture, même si elle n'éprouvait en effet que peu d'intérêt pour ces vieilles histoires de chasseur d'ours.

Alpi tire de son havresac de la viande de renne séchée et une miche de pain qu'il découpe en fines tranches, et mange en alternant une bouchée de chaque. L'eau bout dans la bouilloire : Alpi ouvre un paquet de café avec la pointe de son couteau de chasse, en verse une bonne dose dans l'eau chaude et éloigne un peu la bouilloire des flammes pour laisser le breuvage infuser.

Aaro était si pris par la lecture de son texte qu'il se leva pour le déclamer devant Viivi, qui l'écoutait maintenant avec attention.

Le soleil décline. Le mont Pöytesvaara projette sa grande ombre sur le campement d'Alpi. Le paysage s'assombrit. La fente ardente brasille entre les deux billons. Le marc s'est déposé, Alpi se verse une tasse de café noir et brûlant, taille un bâtonnet dans un rameau de bouleau pour le mélanger et le savoure en prenant son temps.

La nuit descend lentement sur la tourbière. Le froid se fait plus vif, la neige à demi fondue durcit, formant une croûte lisse, gelée. Le paysage se fige dans le silence. L'obscurité s'étend, uniquement trouée par le rougeoiement mouvant du feu qui brûle tout doucement, éclairant les alentours. Ikä-Alpi se couche sur le flanc sous sa toile de tente, réchauffé par la fente ardente. Il peut se vanter d'avoir tué un bon millier de renards, quelques loups, une vingtaine de gloutons, des lynx et quarante-huit ours. C'est le plus grand chasseur et trappeur de gros gibier de Finlande.

Aaro reposa ses papiers et regarda dehors par la vitrine. Il était content d'avoir pu lire sa prose à Viivi. Même s'il la connaissait à peine, tout semblait naturel avec elle. Ils restèrent silencieux, puis elle s'approcha de lui avec un petit rire nerveux.

« De nos jours, les militantes du front de libération des animaux d'élevage sont capables de tuer mille renards en une nuit », dit-elle en lui caressant les cheveux.

Aaro raconta que l'on avait trouvé de l'or à Savukoski, l'été précédent, dans les bancs de gravier du Värriöjoki. Pas beaucoup, quelques paillettes dans des batées maniées par des touristes, mais de l'or quand même.

« La commune prévoit déjà d'organiser à l'automne prochain des stages ou des championnats d'orpaillage. J'ai reçu une invitation, parce que j'écris ce livre. Ça te dirait, d'aller chercher fortune du côté de cette rivière ? »

Viivi se demanda si elle oserait partir ainsi avec un inconnu, mais pourquoi pas, après tout.

« Ce serait sympa de devenir riche, c'est sûr. Imagine qu'on trouve une pépite d'un kilo. Tout ce qu'on pourrait acheter avec. »

L'ange gardien avait d'abord écouté la prestation d'Aaro Korhonen d'une oreille distraite, mais il s'était peu à peu laissé prendre au charme de l'évocation du bivouac. À la fin de la lecture, il se prit à fredonner l'inoubliable *Sous le ciel boréal* de Reino Helismaa, si bien interprété par Tapio Rautavaara. Le professeur de religion, qui avait toute sa vie chanté des cantiques, connaissait aussi par cœur les paroles de cette ballade mélancolique. Ému par son propre chant, il éleva peu à peu la voix. Il songeait en même temps au chasseur dont parlait Aaro, Ikä-Alpi, et, pour finir, il laissa son puissant baryton se déployer dans toute son ampleur.

Heureusement, le chant des anges est inaudible aux oreilles humaines, car il aurait sinon réveillé toute la rue Mechelin.

Aaro Korhonen suivit tout naturellement l'exemple d'Ariel Auvinen : l'air de Helismaa lui revint à l'esprit, familier, et une profonde nécessité intérieure, conjuguée à l'émotion du moment, le poussa à l'entonner à pleins poumons. Plus extraordinaire encore, Viivi, si jeune et citadine qu'elle fût, leva le nez vers le ciel et se joignit à eux pour interpréter sans se tromper une seule fois toutes les strophes de cette chanson qu'elle connaissait pourtant à peine. Mais il n'y a rien de surprenant en soi à rejoindre le chœur des anges, c'est notre sort à tous.

À trois voix, dont seules deux résonnaient en ce monde, ils chantèrent donc :

Dans la nuit je regarde les flammes du feu de camp,
Songeant que quand cette fièvre vous frappe,
Quand cette terre de Laponie sous son charme vous prend,
À son alchimie jamais nul n'échappe.

À la fin du poignant morceau, Viivi et Aaro se jetèrent en riant au cou l'un de l'autre. La jeune femme se demandait surtout par quel miracle elle s'était mise à chanter cette vieille rengaine larmoyante, même si elle l'avait sûrement un jour entendue à la radio.

« C'est beau, quand même, et ton livre sera magnifique, il n'y a presque rien à corriger. »

Quand elle était petite, Viivi croyait que le mystérieux terme de « fente ardente » désignait les rais de lumière que laissaient filtrer les portes ou les fenêtres, malgré ce qu'en disaient certains garçons mal élevés, qui prétendaient que c'était ce que les femmes avaient entre les jambes. Pourquoi pas… après tout, l'homme y trouve aussi, dans la nuit, réconfort, lumière et chaleur.

10

Impossible d'empêcher les rentrées d'argent

Aaro Korhonen avait encore le visage tuméfié et couvert d'ecchymoses à cause de l'accident. Viivi passait de la crème adoucissante sur ses plaies, mais ce n'était pas forcément ce qu'il y avait de plus indiqué. L'ange gardien décida de s'en mêler et incita la jeune femme à aller acheter une pommade plus efficace dans une pharmacie ou un magasin de produits naturels.

« Je devrais peut-être faire un saut à la boutique bio de la rue Eerik pour trouver un remède plus adapté. »

Ariel Auvinen vola en éclaireur devant elle. Il avait de nouveau le sentiment d'être utile, de répondre à sa vocation d'ange gardien. Veiller à la santé de son protégé faisait partie de sa mission.

Dans le magasin, Viivi demanda à la vendeuse ce qu'elle lui conseillait pour soigner les bleus et les bosses. Ariel Auvinen, qui s'était faufilé à l'intérieur, se promenait, ailes repliées, entre les rayons. Il repéra sur la dernière étagère, au ras du plafond, un tube de pommade anti-œdémateuse à l'air prometteur et en glissa l'idée à Viivi.

« Je vais prendre celui-là », décida-t-elle en montrant du doigt la trouvaille de l'ange. Mais le produit était rangé si haut que ni elle ni la vendeuse ne pouvaient l'atteindre sans escabeau. S'empressant de venir à leur secours, Ariel Auvinen leva son immense aile vers le plafond et fit choir le tube par terre. Hélas, son ample geste renversa au passage tout le rayonnage. Des centaines de pots tombèrent sur le carrelage, où ils se cassèrent en mille morceaux. Le sol du magasin disparut sous les pilules multicolores.

L'affaire coûta au total 600 euros à Aaro Korhonen, facture qu'Ariel Auvinen régla bien sûr par avance le jour même. Quoi qu'il en soit, la pommade était efficace et le visage du blessé reprit rapidement son aspect normal.

Le lendemain matin, alors qu'il avait fait un saut à l'automate bancaire du coin pour consulter son compte, Aaro n'en crut pas ses yeux : une somme de 100 000 euros y était apparue. Le relevé n'indiquait pas les coordonnées du payeur. Qu'est-ce que ça voulait dire ? Était-ce une grossière erreur, et, sinon, qui se cachait derrière ce virement ? De retour à la bouquinerie-salon de thé, il montra le ticket à Viivi. Son compte était déjà jusque-là plutôt bien garni, mais ce nouveau versement portait le solde à un montant remarquablement élevé : 170 000 euros. Sacrées liquidités, pour un bouquiniste débutant !

L'ange gardien Ariel Auvinen contemplait avec le sourire l'étonnement d'Aaro. On répète à l'envi que l'argent ne fait pas le bonheur, mais l'ancien professeur de religion savait par expérience, pour avoir toute sa vie tiré le diable par la queue, que l'argent est plus que tout un gage de bonheur pour son propriétaire, ou du moins un soulagement dans la vie, une sécurité, et bien d'autres belles choses. En manquer n'est pas forcément en soi synonyme de malheur, mais de misère, oui, et de parcimonie drastique. Qui s'amuse le plus, le rat d'église ou son cousin, seigneur d'un silo de grain ? Ariel avait suffisamment goûté au bonheur de la pauvreté. Maintenant que les finances de son protégé étaient en bon ordre, il pouvait s'estimer satisfait.

À la fin de la semaine, un avis de contravention arriva de Seinäjoki par la poste : 1 200 euros, soit 30 jours-amendes, pour excès de vitesse et infraction à la sécurité routière. Mais avec l'argent dont Aaro disposait désormais, la question de choisir entre payer et passer un mois en prison ne se posait même plus.

Dans ce contexte, Aaro Korhonen se décida à prendre contact avec le pôle financier de la Police judiciaire centrale. Il voulait savoir ce que pensaient les autorités des 100 000 euros apparus inopinément sur son compte, sans qu'il y soit pour rien. Devait-il réagir, en qualité de titulaire du compte en question, ou valait-il mieux s'incliner devant le fait accompli — un bienfaiteur anonyme avait jugé bon de donner un coup de pouce à un créateur d'entreprise.

Le patron d'Oskari, Lindell, appela aussi Aaro afin de lui réclamer le paiement de la franchise du fourgon, qui était d'un montant modeste. Les conditions d'assurance négociées par l'Union des entreprises de pompes funèbres étaient très avantageuses — les véhicules funéraires dépassaient rarement les vitesses autorisées et le risque de sinistre était faible. La dernière fois où un corbillard avait été impliqué dans un accident mortel remontait à quarante ans, et c'était un voleur de voiture ivre qui tenait le volant. Ce regrettable incident s'était produit à Keuruu. On avait extrait le cadavre du malfrat du corbillard et on l'avait transporté à la morgue de l'hôpital. Il avait ensuite été mis en bière et conduit au cimetière dans le véhicule même qu'il avait volé. La réparation de la carrosserie avait pris à peu près autant de temps que l'autopsie et la préparation du corps pour l'enterrement.

La Police judiciaire centrale s'intéressa suffisamment à l'étrange virement fait sur le compte d'Aaro pour qu'une patrouille de police se présente un beau matin à la bouquinerie pour l'arrêter. Le pôle financier en était arrivé à la conclusion claire et nette que le propriétaire du magasin avait tenté, par une ruse particulièrement grossière, de tromper les plus fins limiers du pays. Il s'agissait de toute évidence d'une opération tordue de blanchiment d'argent au profit de laquelle on avait cherché à manipuler les services chargés de la répression des délits économiques. Les enquêteurs de la police judiciaire n'avaient encore jamais vu de tentative d'intoxication aussi éhontée.

Enfermé dans une sinistre cellule du siège de la police, à Pasila, Aaro Korhonen se demandait, amer, comment réagir. Une amende et une accusation de blanchiment d'argent, ça faisait lourd pour un innocent.

Viivi Ruokonen continuait de gérer la bouquinerie et le salon de thé, sans pouvoir rien faire de plus.

Ariel Auvinen observait les événements avec inquiétude. Il n'arrivait pas à comprendre pourquoi on harcelait ainsi son protégé. La situation exigeait à n'en pas douter l'intervention toute-puissante d'un ange gardien. Il décida une fois de plus d'agir. Il fallait en premier lieu mettre fin à la garde à vue d'Aaro, puis lui trouver une épouse convenable. Viivi Ruokonen était trop jeune pour lui, cela sautait aux yeux, mais où trouver la compagne idéale ?

Le monde est plein de femmes, bien sûr, elles représentent la moitié de l'humanité. Dans le cas d'Aaro, il en fallait une qui ait la tête sur les épaules, en plus de la volonté et de la capacité de mener à bien tout ce qu'elle jugerait bon d'entreprendre. Il revint à Ariel Auvinen que quelque cinq ans plus tôt — de son vivant — il était intervenu auprès des participants à une retraite spirituelle, à Lieksa. Il y avait fait la connaissance d'une femme d'une grande piété, âgée d'une quarantaine d'années, qui approchait donc maintenant de la cinquantaine et avait tous les atouts nécessaires : des formes sculpturales, de solides valeurs, une sobriété absolue et une estime de soi à faire pâlir d'envie. C'était la perle rare qu'il fallait à Aaro. Elle s'appelait Ritva Nuutinen.

L'ange gardien emplit son esprit de tonnes d'amour et guida ses pensées vers la rue Mechelin, à Helsinki. Une célibataire d'âge mûr ne perd pas si facilement la tête pour un inconnu, mais Ariel Auvinen avait appris à connaître les femmes, au cours de sa longue vie, et comprenait tout particulièrement l'âme et la soif de tendresse des esseulées. Il poussa Mlle Nuutinen dans les bras de Morphée et, tandis qu'elle dormait d'un sommeil léger, s'acquitta de son agréable tâche. Il n'en fallut pas plus. L'énergique amoureuse se prépara sur-le-champ à aller faire sa demande en mariage. Elle prit de ce pas l'omnibus de Joensuu, puis le rapide pour Helsinki, où elle arriva au petit matin. Au même moment, la police judiciaire libérait Aaro Korhonen, contre lequel on n'avait pu recueillir aucune preuve. De l'argent était apparu sur son compte, certes, mais c'était tout.

Mue par une irrépressible passion, Mlle Nuutinen prit un taxi pour la rue Mechelin, où elle commanda à Viivi Ruokonen un petit déjeuner léger — une tasse de café au lait et une part de gâteau aux fruits. Elle jeta par la même occasion un coup d'œil au propriétaire du magasin d'antiquités adjacent et conclut qu'il était l'homme de sa vie.

L'ange gardien Ariel Auvinen déploya avec satisfaction ses grandes ailes et songea que, malgré les quelques vicissitudes venues perturber le chemin terrestre d'Aaro Korhonen, une vie de bonheur s'ouvrait enfin à lui.

11

L'attaque de reconnaissance de Mlle Nuutinen

Ritva Nuutinen était institutrice. Elle avait donc tout l'été devant elle, car les vacances scolaires approchaient. Elle avait obtenu du directeur de son école, à Lieksa, de pouvoir partir en congé avec quelques jours d'avance. Quelqu'un d'autre dirigerait à sa place la chorale de la fête de fin d'année. Elle devait s'acquitter d'une mystérieuse et palpitante mission — elle avait vu en rêve un séduisant quadragénaire qui avait ouvert un magasin de livres anciens et d'antiquités rue Mechelin, à Helsinki.

L'aspect précis et détaillé des instructions qu'elle avait reçues dans son sommeil n'étonnait en rien Ritva Nuutinen. Elle était croyante et les miracles lui paraissaient normaux, voire courants. Dans son rêve, un homme qu'elle connaissait — le professeur de religion Ariel Auvinen, décédé deux ans plus tôt — lui était apparu et lui avait annoncé qu'il était l'ange gardien de l'antiquaire en question et souhaitait le lui présenter. Tout ayant ainsi été organisé, Mlle Nuutinen se trouvait maintenant à Helsinki et regardait Aaro Korhonen d'un air pensif. Il avait effectivement l'air sympathique. Mais qui sait comment il réagirait en découvrant ses intentions ? Quoi qu'il en soit, il en serait informé en temps utile. Pour l'instant, elle devait faire preuve de prudence. Le premier contact peut parfois décider de l'issue du combat. Pendant son voyage en train, elle avait eu le temps de réfléchir à différentes stratégies à adopter dans le magasin d'antiquités. Elle avait acquis une certaine assurance scénique dans son métier d'institutrice, et s'était préparée avec soin et détermination à cette rencontre : du parfum, une coiffure soignée, un tailleur impeccable et bien sûr des bas, des chaussures et un chemisier, le tout en bon ordre.

Rue Mechelin, Ritva Nuutinen bavardait donc de choses et d'autres en observant aussi bien Aaro que Viivi Ruokonen. Celle-ci s'affairait dans le salon de thé et parmi les vieux livres comme si elle en avait été propriétaire. Restait à savoir quel était son statut précis dans l'établissement. Ritva Nuutinen, dans le train, s'était fait le serment sacré de ne pas abandonner facilement la partie. Elle avait été investie d'une mission qui, à la réflexion, lui allait comme un gant. Elle s'était jusque-là tenue à l'écart de l'influence des hommes — si ce n'est tout à fait littéralement, du moins officiellement —, mais, à son âge, il était grand temps d'agir si elle voulait avant de mourir vivre au moins quelques années avec un être de sexe masculin. Elle avait déjà, au cours de son existence, envoyé sur les roses une bonne centaine de types plus désagréables les uns que les autres.

Ritva Nuutinen était certes calculatrice, mais pas autant

qu'on aurait pu le croire. Elle avait une vision du monde profondément religieuse, doublée d'un penchant pour le mysticisme et d'un vif intérêt pour la mythologie ; elle s'était adonnée dans sa jeunesse à toutes sortes d'innocentes sciences occultes telles que le spiritisme et la divination, mais avait aussi été attirée par le satanisme en vogue chez les jeunes. Elle avait cependant repoussé avec horreur cette tentation — en se faisant la réflexion que le Malin avait du temps à perdre, pour tenter d'enrôler parmi ses adorateurs une simple institutrice de Lieksa.

« C'est délicieux, où vous fournissez-vous ? » demanda Mlle Nuutinen en goûtant la part de gâteau aux fruits servie par Viivi, qui avait effectivement un arôme subtil, à la fois gourmand et léger.

La jeune femme répondit que les pâtisseries de la bouquinerie-salon de thé venaient de chez Alenius, à Kaivopuisto. Les sandwiches étaient confectionnés sur place avec de la baguette parisienne et des produits frais.

Aaro Korhonen rangeait des livres dans les rayons de la bouquinerie. Du coin de l'œil, il jetait de temps à autre un regard à la cliente qui balançait le pied, jambes croisées, comme certaines femmes en ont l'habitude. Elle portait des bas à couture et le décolleté prometteur de son tailleur révélait le profond sillon de ses seins. Elle avait malgré tout quelque chose de réservé, avec ses lunettes et ses cheveux retenus sur sa nuque par une barrette. Aaro songea qu'elle avait le profil d'une éventuelle cliente régulière.

Il n'avait encore fait aucune publicité à sa bouquinerie. Quelques passants avaient pourtant poussé la porte.

Certains avaient apporté des sacs de livres, qu'il avait achetés. D'autres s'étaient contentés de jeter un coup d'œil aux ouvrages proposés et, constatant que le choix était plutôt réduit, s'en étaient allés. Aaro n'était pas pressé, peu lui importait de ne pas vendre un seul livre de tout l'été. Il avait le temps de lire, pour une fois, et de mettre de l'ordre dans son stock.

L'esprit ailleurs, il feuilletait une édition en finnois d'*Ideas and Men : the Story of Western Thought* de Crane Brinton. C'était un sacré pavé, plus de 600 pages, publié en 1964 par Otava. Il hésitait sur le prix auquel le vendre. Mme Väisänen l'avait lu, à en juger par quelques passages soulignés au crayon. Ce n'était donc pas un ouvrage inintéressant, mais combien un acheteur serait-il prêt à débourser ? Aaro Korhonen n'avait aucune expérience en matière de fixation des prix, et il se contenta donc d'inscrire sur la page de garde le montant, selon lui correct, de 15 euros. Il allait ranger le livre dans le rayon sur lequel il avait collé l'étiquette *Philosophie — Psychologie — Éducation — Essais* quand la cliente du salon de thé se leva et vint lui demander à le voir. Elle le feuilleta un moment, puis déclara qu'il pouvait facilement en demander jusqu'à 20 euros, car c'était un excellent panorama des courants de pensée des années soixante. Elle ajouta, sur le ton de la conversation, qu'elle l'avait elle-même lu, il y avait déjà un moment. Aaro Korhonen en fut surpris. Si elle connaissait le premier livre qui lui était tombé sous les yeux, elle devait être très cultivée, à moins qu'il ne s'agisse d'une simple coïncidence. Quoi qu'il en soit, c'était intéressant.

Viivi astiquait à coups de torchon furieux le comptoir du salon de thé, qui brillait déjà comme un sou neuf. Il n'y avait aucune raison de le nettoyer, mais elle avait besoin de se passer les nerfs sur quelque chose, et manier l'éponge valait mieux que rien. Elle n'aimait pas du tout cette vieille folle, dont on voyait bien qu'elle était louche. Une femme sent ça de loin.

L'intuition féminine est ce qu'elle est, mais Mlle Nuutinen était capable de se montrer rusée. Elle tournait autour d'Aaro Korhonen d'un air innocent et naturel, apparemment sans but précis, mais prenait malgré tout bien soin de présenter toujours son corps et son visage dans la lumière la plus flatteuse possible et sous le meilleur angle du point de vue du spectateur. Et bien sûr, en lui rendant le livre, sa main effleura légèrement la sienne, tandis que ses lèvres esquissaient un sourire sensuel. Une bouffée de son parfum, à la fois suggestif et plein de fraîcheur, chassa un instant l'odeur de poussière des vieux livres.

Mlle Nuutinen pensait avoir semé le germe d'une relation. Elle devait maintenant être entretenue avec doigté. Il ne servait à rien de lancer sur-le-champ une attaque frontale. La serveuse du salon de thé avait déjà remarqué qu'elle nourrissait peut-être d'autres intentions que savourer un café matinal et une part de gâteau.

Ritva Nuutinen lissa les plis de son tailleur et se leva pour partir. Elle était belle et le savait. Elle aurait pu épouser qui elle voulait, mais elle n'avait jamais trouvé le temps de s'en occuper. Elle avait cependant encore la possibilité de faire son choix.

« Votre salon de thé et votre magasin sont vraiment accueillants. Je repasserais volontiers. J'ai une assez belle collection de littérature religieuse ancienne. J'aimerais vous proposer quelques ouvrages, si vous voulez bien. »

Aaro Korhonen bégaya qu'il n'était pas très féru de littérature religieuse, même si les livres anciens avaient bien sûr toute leur place dans sa bouquinerie.

« Vous verrez, il ne s'agit pas de balivernes ou de billevesées, mais d'ouvrages de haut niveau sur l'histoire de la pensée chrétienne, et peut-être aussi la mythologie. »

Ritva Nuutinen quitta les lieux, convaincue du succès de sa première attaque de reconnaissance. Aaro Korhonen avait déposé les armes, du moins pour l'instant. Avec une pensée reconnaissante pour son père spirituel, elle prit le chemin de l'hôtel Helka. Dans sa chambre, elle sortit son calepin et entreprit de planifier la seconde phase de son offensive.

12

Nuutinen et Ruokonen se crêpent le chignon

Les deux jours suivants, l'institutrice Ritva Nuutinen se tint à l'écart de la bouquinerie-salon de thé. Elle consacra son temps à acheter d'anciens ouvrages religieux et, plus généralement, à faire le tour des librairies d'occasion de la capitale afin de pouvoir s'entretenir avec Aaro Korhonen, de manière informée et constructive, de questions touchant à son métier.

Ariel Auvinen avait été de son vivant un homme bien élevé, éduqué et cultivé. Devenu ange, après sa mort, il avait conservé son style et peut-être même gagné en glamour. Maintenant que Mlle Nuutinen était à Helsinki et avait entrepris, comme il le souhaitait, de séduire Aaro Korhonen, il tenait à lui apporter tout son concours dans cette importante entreprise.

Il se tint donc à ses côtés tandis qu'elle achetait de vieux livres et discutait avec esprit de sujets bibliophiliques. Mais ce n'était pas suffisant. Ariel Auvinen savait qu'une femme avait besoin, en sus d'armes intellectuelles, de charmes plus physiques. Il n'eut pas besoin d'insister beaucoup pour attirer Ritva Nuutinen dans les grands magasins afin de compléter sa garde-robe et sa collection de parfums. Il l'incita aussi à se rendre chez Ikea, car il avait entendu dire qu'on y vendait toutes sortes de colifichets pouvant s'avérer utiles. Un taxi, donc, et en route pour le magasin, en bordure de l'autoroute de Turku ! Comme il n'y avait pas de place dans la voiture pour ses longues ailes d'ange, il la précéda par la voie des airs et attendit son arrivée devant la porte à tambour d'Ikea.

Ariel Auvinen s'inclina poliment et laissa passer Mlle Nuutinen. Mais, en la suivant, il s'empêtra si bien les ailes dans la porte tournante qu'un nuage de plumes vola et, plus grave, l'institutrice se trouva projetée de tout son long dans le vestibule du magasin. Son front heurta le sol avec un bruit de mauvais augure. Heureusement, la bosse qui en résulta n'était pas trop grosse. Dans les toilettes, la blessée s'enduisit la tempe d'une crème apaisante et, une fois l'enflure dissimulée sous de la poudre, retrouva un air présentable.

Le troisième jour, Mlle Nuutinen revêtit son tailleur habituel, tout en veillant à avoir l'air soignée, élégante, bien coiffée et chèrement parfumée. En l'honneur du magnifique temps de printemps, elle acheta une botte de jonquilles et prit avec ses fleurs la direction de la bouquinerie-salon de thé d'Aaro Korhonen.

Viivi Ruokonen ne fut guère ravie de la revoir et, quand l'arrivante lui tendit son bouquet, elle faillit bien le lui flanquer à la figure.

« Il m'a semblé qu'une brassée des plus belles fleurs du

printemps apporterait une touche de beauté et de fraîcheur bienvenue parmi tous ces vieux livres et objets, vous ne trouvez pas ? »

Aaro Korhonen alla prendre un vase ayant appartenu à Mme Väisänen et le remplit d'eau au robinet de la cuisine. Viivi y mit les jonquilles. Restait à savoir où placer le bouquet. Elle déclara d'un ton sec qu'elle n'en voulait pas dans le salon de thé, trop de gens avaient aujourd'hui de l'asthme ou étaient allergiques au pollen et à l'odeur des fleurs. Mlle Nuutinen disposa le vase dans la vitrine au milieu des vieux livres et de quelques tableaux. Elle en profita pour réarranger la devanture, qui, il faut bien l'avouer, eut aussitôt l'air beaucoup plus engageante.

Cela fait, elle laissa échapper son rire le plus charmant, serra la main d'Aaro Korhonen et quitta la boutique, le laissant ahuri.

Mlle Nuutinen revint à la charge dès le lendemain. Elle entassa dans un grand sac les vieux livres religieux qu'elle avait achetés les jours précédents dans différentes librairies d'occasion, les coltina jusqu'à un taxi et se fit conduire à la bouquinerie-salon de thé de la rue Mechelin. Elle salua froidement Viivi Ruokonen, fit signe au chauffeur de taxi de déposer le lourd colis sur une table de la bouquinerie, le paya et entreprit de déballer ses ouvrages afin qu'Aaro Korhonen en estime le prix.

L'ange gardien Ariel Auvinen observait la scène, le sourire aux lèvres. On ne voyait pas tous les jours ainsi réunis la culture, la religion, le plaisir d'offrir et bientôt l'amour, si tout se déroulait selon ses vœux. Sans qu'il y prenne garde, pourtant, dans le salon de thé, Viivi Ruokonen entrechoquait la vaisselle d'un air furieux sans s'intéresser le moins du monde à cet étalage de livres. Aaro Korhonen, en revanche, examinait les ouvrages, dont beaucoup, fort beaux, semblaient rares et précieux. Il y avait par exemple *Luther : portrait et années de formation* d'Olavi Kares (WSOY, 1944), *Exercices spirituels* d'Ignace de Loyola (Cercle de littérature théologique, 1977), *Commentaire de l'épître aux Galates* de Martin Luther (Association évangélique luthérienne de Finlande, 1932), *Le Livre des anges* de Sophy Burnham (Karisto, 1955), *Histoire du mouvement évangélique finlandais*, tomes I et II, de Lauri Takala (Société finlandaise d'histoire religieuse, 1929-1937), *Initiation à la symbolique* de Seppo A. Teinonen (Gaudeamus, 1978), ainsi qu'une traduction de *Saints : Who They Are and How They Help You* d'Elizabeth Hallam (Karisto, 1996). Aaro Korhonen inscrivit dans l'angle supérieur droit de la page de garde de chacun des volumes le prix auquel il estimait pouvoir le vendre, entre 5 et 50 euros. Mlle Nuutinen lui présenta oralement les ouvrages. Elle en avait réellement lu une partie et avait parcouru les autres dans sa chambre d'hôtel afin de se faire une idée précise de la valeur de ses cadeaux. Elle avait soigneusement effacé les prix précédemment indiqués, mais se rappelait en gros combien chacun lui avait coûté. Par moments, en tendant de nouveaux livres à Aaro, elle effleurait de ses doigts fins sa main virile, d'un geste naturel et en apparence fortuit, et, chaque fois, leurs regards se croisaient avant de vite revenir sur la pile d'ouvrages.

Viivi Korhonen, qui continuait de manifester bruyamment sa mauvaise humeur du côté du salon de thé, ignorait délibérément cette montagne de livres et, quand Aaro lui demanda de faire du café et de préparer quelques sandwiches, c'est tout juste si elle accepta de s'exécuter.

Quand ils se furent restaurés, Aaro Korhonen demanda à sa nouvelle cliente combien il lui devait. Comme on aurait pu s'en douter, Mlle Nuutinen refusa tout paiement pour sa collection de livres religieux, déclarant qu'elle voulait simplement faire un modeste don à un bouquiniste débutant, comme elle l'avait dit lors de sa précédente visite. Elle ajouta qu'elle repasserait la semaine suivante, après la remise des diplômes du baccalauréat.

« Je pensais apporter encore deux ou trois livres rares. Je pourrais peut-être par la même occasion rester un jour ou deux pour ranger les rayons. J'aime tant la littérature ancienne. »

L'ange gardien Ariel Auvinen regardait avec satisfaction la pyramide de livres dont les prix venaient d'être fixés. Il appréciait tout particulièrement deux de ces cadeaux : *Le Livre des anges* et *Saints : Who They Are and How They Help You.*

Mlle Nuutinen refit son apparition à la bouquinerie-salon de thé dès le lendemain de la fête de fin d'année des nouveaux bacheliers. Aaro Korhonen l'accueillit aimablement, mais Viivi le prit encore plus mal qu'à l'accoutumée. Elle grogna tout bas, à l'intention de son patron, qu'elle ne comprenait pas ce que cette vieille chouette parfumée faisait là. Aaro marmonna qu'il ne savait pas non plus trop ce qu'elle voulait, mais qu'elle était sympathique et lui apportait encore des livres.

Cette fois, l'institutrice avait à offrir le *Dictionnaire de la Bible* d'Aapeli Saarisalo (WSOY, 1952) et *Le Champ de Dieu : l'Église de Finlande de 1155 à 1955*, publié sous la direction de Jaakko Haavio et Oskar Paarma (Société des missions intérieures, 1955).

« Ce Paarma est maintenant archevêque, fit remarquer Mlle Nuutinen, à moins qu'il ne s'agisse de son père. » Puis elle demanda un aspirateur et annonça qu'elle allait faire le ménage dans la librairie et dans le magasin d'antiquités, mais laissait à la serveuse le soin de s'occuper du salon de thé.

C'en était trop pour Viivi Ruokonen. Elle sortit l'aspirateur de l'arrière-cuisine, le flanqua dans les pattes de Mlle Nuutinen, se tourna furibonde vers Aaro et déclara haut et fort :

« On n'a besoin de personne ici pour faire le ménage ou trier des livres, ou alors, c'est de moi qu'on n'a plus besoin. »

Aaro Korhonen n'eut pas l'air de saisir où elle voulait en venir.

« Je démissionne, je vais chercher un autre travail. Je trouverai facilement à m'employer ailleurs que dans ce trou à rats. »

Ce n'est qu'alors qu'il comprit que Viivi était sur le point de s'en aller. Il tenta de la convaincre de rester. Mais elle était si remontée qu'elle n'écoutait plus. Mlle Nuutinen prit elle aussi la mouche, donna un coup de pied à l'aspirateur, qui valsa par l'embrasure de la porte et atterrit au milieu des vieux objets de la brocante, et se mit à injurier Viivi. Aaro essaya en vain de calmer les deux femmes en furie.

Ariel Auvinen se précipita à son secours. Il s'efforça de ramener les belligérantes à la raison en leur insufflant un noble idéal de paix, mais sans succès. Apprivoiser deux mégères est un exploit irréalisable, même pour un ange gardien. Ariel Auvinen réfléchit un instant, puis décida d'appeler à l'aide Oskari Mättö. Peut-être parviendrait-il, grâce à son flegme et à son expérience d'employé des pompes funèbres, à rétablir le calme.

Aaro Korhonen sortit à reculons sur le trottoir, suivi par les deux femmes qui continuaient de se quereller, poussant l'aspirateur devant elles à grands coups de pied. C'est alors que son portable sonna. L'ange gardien Ariel Auvinen avait soufflé à Oskari Mättö l'idée de lui téléphoner.

« Salut, Aaro, figure-toi que j'ai pensé à toi. J'ai un nouveau corbillard, emprunté à des collègues de Kerava, en fait, plus personne ne meurt, là-bas, ils nous l'ont loué pour une bouchée de pain. Ça te dirait, de m'accompagner en Suède pour acheter un fourgon neuf, pour Lindell ? Et sinon, comment ça va ?

— Ça peut aller, à part un petit crêpage de chignon, juste là. »

Aaro continuait de reculer dans la rue. L'ange gardien constata qu'il était, dans son désarroi, descendu sur la chaussée où grondait le trafic matinal de la rue Mechelin. Mättö n'arriverait jamais à temps, il devait agir d'urgence avant que son protégé se fasse écraser. Occupé à parler au téléphone avec le chauffeur de corbillard tout en tentant de calmer les deux femmes en colère, celui-ci ne prêtait aucune attention aux voitures.

Se décidant aussi sec, l'ange gardien stoppa net le trafic automobile. Mais, dans la panique, il ne vit pas le deux-roues qui arrivait du sud à toute allure. Il était conduit par une jeune fille, l'écharpe au vent. Alors que tout le reste de la circulation s'était arrêté comme à un feu rouge, elle fonçait sur son scooter jaune dans la rue Mechelin, inconsciente du danger, et parvint rapidement au niveau de la bouquinerie-salon de thé. Aaro se trouvait déjà presque au milieu de la voie de droite, lui tournant le dos, et l'ange gardien à la main malheureuse n'eut le temps de rien faire. La jeune fille percuta l'homme qui parlait dans son portable. Tous deux roulèrent pêle-mêle sur la chaussée, le scooter valdingua sur le trottoir avec sa conductrice, un cri perça l'air, puis le silence se fit. L'adolescente gisait sur le sol, évanouie, la tête et le cou en sang, son blouson se teintant de rouge. Sa jambe droite formait un angle de mauvais augure. Aaro, lui, s'était écroulé dans la rue en pleine conversation. L'ange gardien fut saisi d'une grande frayeur, comme jadis les bergers dans les champs de Bethléem. Il fallait requérir d'urgence une assistance médicale temporelle.

Le professeur Seppo Sorjonen, orthopédiste désormais retraité, était sorti faire sa promenade quotidienne et allait pousser la porte de son restaurant préféré, le Salve, quand Ariel Auvinen lui fit tourner les talons en direction du lieu de l'accident.

Sorjonen se pencha pour examiner les blessés qui gisaient à terre : rapide évaluation de l'état de conscience, prise du pouls, vérification de la respiration. Ils étaient en vie, mais inconscients. Ses vieux souvenirs d'urgentiste se réveillèrent. Pendant ses études, lors d'émeutes dans les faubourgs sud de New York, il avait trié les blessés. Il classa donc sans hésiter la jeune fille parmi les cas graves et chargea les deux femmes qui hurlaient dans la rue de s'occuper d'Aaro Korhonen. Il leur ordonna d'appeler au plus vite une ambulance, de prodiguer les premiers soins à l'homme évanoui et d'exercer toute la vigilance médicale nécessaire.

Puis il tâta les vertèbres cervicales de la jeune fille et la cala avec son pardessus afin d'éviter tout dommage supplémentaire. Il lui palpa avec soin la cage thoracique et le bassin afin de vérifier la stabilité de son état.

L'ange gardien Ariel Auvinen se tenait à ses côtés, le visage livide, l'aile basse, les plumes en berne : qu'avait-il encore fait ! Et le médecin appelé à la rescousse qui ne pensait qu'à tripoter les seins et les hanches de la victime.

La professeur Sorjonen redressa avec précaution la jambe cassée de l'adolescente et y posa en guise d'attelles, maintenus par la ceinture de son manteau, des parapluies fournis par Ritva Nuutinen et Viivi Ruokonen.

Oskari Mättö surgit sur ces entrefaites au volant de son corbillard. On installa les deux accidentés sur le catafalque et il repartit à vive allure vers l'hôpital de Maria, où l'on admit Aaro Korhonen. Puis il conduisit la jeune fille à l'hôpital de Töölö, qui accueillait tous les blessés graves ainsi que les victimes de traumatismes crâniens.

L'ange gardien Ariel Auvinen retourna d'un coup d'aile rue Mechelin, où la circulation avait repris son cours normal. Au bout d'un moment, le fourgon des Pompes funèbres Lindell revint se garer sur le trottoir. Oskari Mättö demanda à Ritva Nuutinen et Viivi Korhonen de l'aider à nettoyer le catafalque. On ne pouvait décemment pas, selon lui, transporter des morts dans un véhicule ensanglanté.

Les deux femmes avaient oublié leur querelle, mais c'était une maigre consolation pour l'ange gardien, qui avait de nouveau du pain sur la planche. Il s'envola pour la nuit à l'hôpital de Maria afin de veiller sur Aaro Korhonen. Il songeait, préoccupé, qu'il valait sans doute mieux s'abstenir de parler aux autres anges des derniers événements. Ils risquaient, malgré toute sa bonne volonté, de le prendre pour un suppôt de Satan.

13

Troisième commotion cérébrale

Ariel Auvinen était assis au chevet d'Aaro à l'hôpital de Maria. Le patient avait repris connaissance et dormait maintenant paisiblement. Heureusement, il n'avait pas trop souffert. S'il s'était fait écraser par un camion, rue Mechelin, il serait sûrement mort, songea l'ange gardien, soulagé d'avoir pu agir vite et couper la circulation. Dommage seulement qu'il ait négligé de stopper le scooter qui l'avait ensuite percuté.

Dans l'après-midi, à l'heure des visites, Viivi Ruokonen, Ritva Nuutinen et Oskari Mättö vinrent voir Aaro. Il était installé dans une chambre de six lits, séparés les uns des autres par des rideaux. Les deux femmes avaient chacune apporté des fleurs, Oskari quelques livres. Mlle Nuutinen demanda à parler au médecin de garde. Aaro voulait savoir comment se portait la jeune fille qui l'avait heurté. Le médecin rapporta qu'elle avait subi une intervention neurochirurgicale à l'hôpital de Töölö, où on lui avait aussi plâtré les deux jambes. On ne connaissait pas son identité, elle n'avait aucun papier sur elle et était toujours inconsciente.

Oskari Mättö leur apprit que l'adolescente s'appelait Sari Heinänen. Il avait déposé le scooter endommagé dans un garage de Lauttasaari. Grâce à sa plaque d'immatriculation, il avait retrouvé la compagnie auprès de laquelle l'engin était assuré, ainsi que le nom et l'adresse de la propriétaire, et avait téléphoné à sa famille pour la prévenir de l'accident.

Aaro Korhonen souffrait d'une commotion cérébrale et avait été placé sous perfusion. Il n'avait pas d'os brisés, mais de nombreuses contusions, comme en attestait son visage tuméfié.

« C'est déjà sa deuxième commotion cérébrale ce printemps », fit remarquer Oskari, et il raconta la sortie de route du corbillard en Ostrobotnie, clignant involontairement de l'œil. Le médecin nota l'information dans le dossier du patient.

Aaro se sentait fatigué, les visiteurs et le médecin se retirèrent. L'ange gardien resta dans la chambre d'hôpital à veiller sur la santé et la sécurité de son protégé. Tout se passa bien jusqu'à la tombée du soir, mais, dans la nuit, Aaro se réveilla et se mit à s'agiter dans son lit. Ariel Auvinen s'inquiéta aussitôt : qu'avait-il donc ? Il comprit vite que son protégé avait le dos qui le chatouillait, mais ne pouvait pas se gratter avec tous les tuyaux qui l'entravaient. Il savait qu'une démangeaison qu'on ne peut calmer prend rapidement des proportions insupportables. Comme dans le cas présent. Aaro soupirait dans son lit, désemparé, incapable de bouger, tandis que les picotements de son dos tournaient peu à peu à la torture.

Ariel Auvinen se résolut à requérir l'aide du voisin de

lit d'Aaro, qui se trouvait être éveillé. Inutile de déranger l'infirmière de garde pour une malheureuse démangeaison. L'ange gardien incita l'homme à prendre l'initiative de se lever, de jeter un coup d'œil de l'autre côté du rideau et de demander d'un ton serviable :

« Tu te débrouilles tout seul, ou tu as besoin d'aide ? »

Aaro répondit qu'il serait heureux qu'on lui gratte un peu le dos, et son obligeant voisin écarta le rideau pour venir à son secours. Mais, dans l'obscurité, les choses ne se passèrent pas exactement comme prévu. Le bon Samaritain actionna par inadvertance le mécanisme du lit. Le relève-buste, qui se trouvait en position inclinée, se remit si brutalement à plat qu'Aaro fut projeté sur le sol et se cogna sévèrement la tête, pour la troisième fois en peu de temps. L'infirmière de nuit arriva en courant, bientôt suivie d'un aide-soignant. Le prévenant voisin se glissa rapidement dans son lit, on remit Aaro dans le sien. Il était de nouveau inconscient. Son dos ne le grattait plus. L'ange gardien soupira, accablé par sa malchance, et se traîna, l'aile basse, hors de l'hôpital. Il savait, en son cœur charitable, qu'il lui fallait pour l'instant laisser son protégé tranquille et s'envoler pour Kerimäki afin de recevoir de nouvelles instructions et d'essuyer une réprimande, peut-être cinglante.

Le lendemain matin, Viivi Ruokonen se rendit à l'hôpital de Maria. Elle s'assit au chevet d'Aaro, qui dormait encore, posa sa main sur la sienne et murmura doucement :

« Aaretti. »

Celui-ci se réveilla et fut tout heureux de trouver Viivi à ses côtés. Il lui raconta qu'il était tombé de son lit dans la nuit et s'était de nouveau cogné la tête, mais se sentait déjà mieux. Et comment se portait la bouquinerie-salon de thé ?

Viivi réarrangea dans leur vase les fleurs qu'elle avait apportées la veille, sans doute tombées par terre dans le remue-ménage de la nuit. Elle posa le bouquet de Mlle Nuutinen sur la table de chevet du patient voisin.

« La vieille chouette a cherché à joindre le gestionnaire de l'immeuble pour lui demander les clefs de ton appartement, je n'ai pas eu le temps de l'en empêcher. Mais heureusement, il n'y a pas de gestionnaire pour l'instant. »

Viivi expliqua que le précédent titulaire du poste s'était rendu coupable de malversations, d'après ce que le président du conseil d'administration de la société anonyme immobilière avait dit au téléphone. Ce dernier avait aussi souhaité rencontrer le nouvel habitant de l'immeuble, autrement dit Aaro Korhonen, et, quand on lui avait appris qu'il se trouvait au plus proche hôpital, il avait demandé la permission de passer le saluer dans l'après-midi. Il avait des choses importantes à lui dire.

Viivi ne pouvait pas rester longtemps, le salon de thé était de plus en plus fréquenté et Mlle Nuutinen était incapable de s'en occuper. Elle y campait pourtant, comme si elle y avait des intérêts.

Dans l'après-midi, le président du conseil d'administration de l'immeuble, Heikki Malkala, se présenta à l'hôpital. Il avait l'air sympathique, et apportait à Aaro les journaux de l'après-midi et des chewing-gums à la nicotine. Il lui souhaita la bienvenue parmi les actionnaires occupants de la société anonyme immobilière Éden-Mechelin. Puis il alla droit au but.

« J'ai vu dans le dossier de mutation que vous étiez gestionnaire. Il se trouve que le nôtre a détourné des fonds de la SAI. L'affaire est entre les mains de la police, et bien sûr il nous faut maintenant trouver au plus vite un professionnel compétent pour gérer les affaires courantes, au moins provisoirement. Je me suis dit que je ne risquais rien à vous demander si vous pourriez vous charger de cette mission, vous qui vous y connaissez. »

Aaro Korhonen réfléchit un moment. Pourquoi pas, mais il était pour l'instant cloué au lit, qui sait pour combien de temps.

« Ce n'est pas un problème. Je peux venir tous les jours et vous apporter les documents nécessaires, bilans comptables et autres, et prendre vos instructions. Un simple licencié ès lettres comme moi ne comprend pas grand-chose aux affaires d'une SAI. Il faut aussi payer les factures et faire des prévisions pour l'automne prochain. »

Ils se mirent d'accord. Aaro s'engagea à exercer la fonction de gestionnaire, avec rémunération en dépenses contrôlées. Cette nouvelle tâche n'avait rien d'insurmontable, se dit-il. Ce serait même un plaisir, à vrai dire, de pouvoir faire à titre professionnel la connaissance de tous ses nouveaux voisins. La gestion d'une SAI était un jeu d'enfant, comparée à celle d'un établissement industriel. À l'usine de granulés de bois, il avait été confronté à de complexes problèmes immobiliers et logistiques qu'il avait résolus avec succès.

Heikki Malkala remit le soir même les clefs de l'appartement d'Aaro Korhonen à Ritva Nuutinen, qui avait promis de s'occuper du ménage et du courrier pendant son séjour à l'hôpital. Il songea avec satisfaction qu'il y avait heureusement dans ce bas monde de bonnes âmes désintéressées.

14

Le prompt rétablissement d'Aaro

Une fois l'ange gardien Ariel Auvinen retourné au ciel à Kerimäki, la santé d'Aaro Korhonen commença à s'améliorer. Alité à l'hôpital de Maria, il lisait des livres et des journaux, soignait ses membres contusionnés et attendait que sa tête se remette de ses trois commotions cérébrales. Deux superbes créatures venaient le dorloter quotidiennement, mais à tour de rôle : Viivi en général le matin, Mlle Nuutinen l'après-midi, de même que Heikki Malkala, qui passait discuter des affaires de l'immeuble et lui apporter les documents dont il avait besoin. Le conseil d'administration de la SAI Éden-Mechelin s'était réuni et avait désigné à l'unanimité Aaro Korhonen comme nouveau gestionnaire, à ses conditions.

Le chauffeur de corbillard Oskari Mättö rendait aussi de temps à autre visite à son camarade. Il lui raconta qu'il avait été voir à l'hôpital de Töölö comment se remettait l'autre victime de l'accident, la jeune Sari Heinänen. Elle avait subi avec succès une opération neurochirurgicale et était sortie du coma, mais n'avait pas encore le droit de bouger.

Un matin, Viivi, dans tous ses états, annonça à Aaro que Mlle Nuutinen s'était bel et bien installée dans son appartement. Elle y avait porté sa valise et toutes ses autres affaires, et avait même eu le culot de prétendre qu'elle avait l'aval du président du conseil d'administration de la SAI. Viivi ne comprenait pas comment il avait pu sans autre forme de procès donner les clefs d'un logement à une inconnue, surtout quand son occupant légitime était à l'hôpital sans pouvoir rien faire. Aaro, embarrassé, déclara qu'il trouverait bien une solution, sachant qu'il était à la fois gestionnaire de l'immeuble et propriétaire de l'appartement en question.

Avant de partir, Viivi lui enduisit le visage de crème anti-œdémateuse.

Dans l'après-midi, quand Ritva Nuutinen vint le voir, un bouquet de fleurs à la main, Aaro tenta de lui dire qu'il ne l'avait pas vraiment invitée à s'installer chez lui, et que l'on pouvait aussi tirer un trait sur toute autre forme de collaboration. Balayant d'un geste ses bafouillages, elle déclara tout de go que ce n'était pas la peine de jouer les timides avec elle.

« Nous surmonterons tous nos problèmes, tu peux me faire confiance. L'essentiel est que tu guérisses vite et que tu puisses poursuivre ta convalescence à la maison. »

Elle ajouta qu'elle avait acheté un nouvel aspirateur pour le magasin, car le précédent était tout cabossé et couvert de sang depuis l'accident. Elle s'en était servie pour éliminer la poussière de la bouquinerie et de la brocante, avait passé la serpillière et rangé par ordre alphabétique tout un rayon qu'elle avait intitulé : *Religion — Histoire ecclésiale — Mystique.*

Aaro se rétablit promptement et put quitter l'hôpital au bout d'une semaine. Il aurait pu y séjourner encore un peu, mais, à vrai dire, dormir dans une chambre de six lits n'est pas précisément l'idéal d'un homme en bonne santé.

De retour rue Mechelin, Aaro Korhonen constata que la devanture s'ornait maintenant d'un écriteau d'un mètre de long portant une inscription en caractères gothiques :

Bouquinerie-Salon de thé d'Aaretti

Cela semblait parfait. C'était Viivi qui avait collé cette banderole sur la vitre. Elle expliqua l'avoir commandée depuis déjà une semaine, afin de lui faire une surprise à sa sortie de l'hôpital.

« Qu'en penses-tu ? Est-ce que le style est assez chic et rétro ? »

Mlle Nuutinen pointa elle aussi son nez, pour déclarer qu'à son avis la serveuse du salon de thé aurait mieux fait, avant d'aller coller cet écriteau, de consulter le propriétaire sur le nom à donner à l'établissement, même si bien sûr cela ne la regardait pas.

Aaro remercia les deux femmes pour leurs initiatives et les pria de se calmer. Elles n'avaient selon lui aucune raison de se quereller. La dernière fois qu'elles avaient eu des mots, cela s'était terminé par un accident.

Viivi se retira dans le salon de thé, Mlle Nuutinen retourna ranger les rayons de livres.

Aaro appela le pôle financier de la Police judiciaire centrale et demanda à parler au fonctionnaire qui l'avait accusé de blanchiment d'argent. L'inspecteur Niemelä lui déclara que l'enquête sur sa mystérieuse affaire bancaire était en cours et qu'il n'avait ni le temps ni l'envie de s'étendre sur la question au téléphone. Aaro lui assura que ce n'était pas cela qui l'intéressait. En tant que nouveau gestionnaire de la SAI Éden-Mechelin, il voulait savoir qui dirigeait les investigations sur les délits dont était accusé son prédécesseur. Niemelä alla se renseigner, ce qui lui prit un long moment. De retour au téléphone, il déclara que c'était aussi lui qui était chargé de l'enquête.

« Il semblerait qu'il s'agisse d'un détournement de fonds. Une plainte a été déposée, venez donc en discuter quand vous aurez le temps. »

Aaro Korhonen débordait d'énergie, et même d'un certain bonheur. Il n'avait plus ni bourdonnements d'oreilles ni vertiges, malgré ses trois commotions cérébrales de suite. Il était content d'avoir la tête aussi dure.

Il alla rendre visite à Sari Heinänen à l'hôpital de Töölö. La jeune fille avait été transférée dans un service ordinaire et pouvait maintenant parler, bien qu'elle fût encore faible et incapable de se lever. Ses parents, qui étaient aussi venus la voir, remercièrent avec émotion Aaro Korhonen de sa sollicitude. D'après ce qu'ils avaient cru comprendre, aucune des parties à l'accident n'était en tort, personne n'aurait pu prévoir une telle collision. Aaro déclara qu'il assumerait volontiers tous les frais médicaux que l'assurance ne couvrirait pas. Quand il prit congé, l'adolescente lui adressa un sourire confiant.

Aaro et Oskari s'étaient mis d'accord pour aller en Suède, dans une semaine ou deux, afin d'y acheter un nouveau fourgon mortuaire pour le compte de Lindell. Ils seraient de retour à temps pour la Saint-Jean. On n'avait jamais autant besoin de corbillards, en Finlande, qu'à la fin du mois de juin. Les morts par noyade étaient nombreux, à l'occasion de la plus belle fête de l'été. L'alcool et les bagarres faisaient aussi des victimes. C'était la haute saison pour le secteur des pompes funèbres.

Malgré ses protestations, Mlle Nuutinen avait fait faire un double des clefs de son appartement pour Aaro, qui constata, un peu aigrement, qu'il n'en aurait pas eu besoin, en tant que gestionnaire, puisqu'il avait les clefs de tous les locaux de l'immeuble, et surtout en tant que propriétaire. Elle fit comme si elle n'avait pas entendu et lui tendit le trousseau cliquetant, à l'anneau duquel pendait une petite plaque d'argent sur laquelle elle avait fait graver le nom d'Aaro, avec deux cœurs.

Pour sa première nuit hors de l'hôpital, ce dernier s'installa sur le canapé de la bibliothèque de son appartement, mais il était dur et trop court pour lui, si bien qu'au bout d'un moment il alla se glisser à côté de Mlle Nuutinen dans le grand lit de Hilma Väisänen, où il dormit à poings fermés jusqu'au matin. Le soir suivant, au lieu de rentrer chez lui, il arpenta longuement le cimetière de Hietaniemi. Viivi l'appela sur son portable pour lui annoncer qu'elle lui avait acheté deux livres intéressants, en cadeau pour son retour de l'hôpital. Elle les lui apporta au cimetière, où la nuit de ce début d'été commençait à s'assombrir au point que l'on avait du mal à lire autre chose que les titres des ouvrages : c'étaient *Les Survivants de l'Antarctique : l'odyssée Shackleton*, de Caroline Alexander (Otava, 1999), et un bel album de photographies de I. K. Inha, *Paysages du Nord au tournant du siècle* (WSOY, 1957).

Les livres à la main, ils se promenèrent dans la douceur du soir sur le sable crissant des allées. Ils parlèrent de la Bouquinerie-Salon de thé d'Aaretti. Aaro espérait que Viivi pourrait l'accompagner, cet été, quand il parcourrait les campagnes pour acheter des successions, mais il ne pouvait pas lui proposer de venir en Suède, car il n'y avait pas de place dans le corbillard pour plus de deux personnes, du moins vivantes.

Il était près de minuit, l'heure d'aller dormir. Viivi déclara que si Aaretti craignait de rentrer chez lui auprès de Mlle Nuutinen, il pouvait très bien passer quelques nuits chez elle. Elle disposait elle aussi d'un canapé et la rue Calonius était à deux pas. Aaro s'installa donc sur son canapé, mais il n'était pas plus confortable que celui de la rue Mechelin, et, au milieu de la nuit, il se glissa dans le lit de Viivi. Elle dormait, le dos tourné, vêtue de la chemise de nuit en soie de Hilma Väisänen dont il lui avait fait cadeau.

« Tout va bien, maintenant », songea-t-il, ensommeillé et heureux.

15

Ariel Auvinen est convoqué devant l'ange Gabriel

Ariel Auvinen volait, le front soucieux, vers le ciel de Kerimäki. Il devait se présenter devant l'ange Gabriel, il le savait, et l'idée le terrifiait. Les vents s'annonçaient contraires, et ses immenses ailes n'y changeraient rien, pas plus que sa maîtrise des airs. Des remontrances sur les ratés de sa mission d'ange gardien l'attendaient, et peut-être une sanction — mais laquelle ? Il perdrait en tout cas la face, ce qui est plus grave au ciel que sur la terre. Un ange ne peut pas se suicider.

Ariel Auvinen s'était envolé tôt le matin pour Kerimäki de la cour intérieure de l'hôpital de Maria, mais il n'arriva à destination qu'à la tombée du soir. Il avait fait quelques pauses, histoire de réfléchir, et la durée du trajet s'en était trouvée rallongée. Il n'avait aucune envie d'affronter l'ange Gabriel en personne, surtout pour se faire chapitrer par un aussi haut personnage. Il aurait aimé interrompre son voyage et reprendre son chemin terrestre, sa vie… mais les morts n'ont pas le choix, même quand ils ont été élevés au rang d'ange. Il ne pouvait que poursuivre sa pénible route céleste.

Ariel Auvinen se posa à contrecœur sur le parvis de l'église de Kerimäki. Dans l'étrange lumière jaunâtre du soir d'été, les teintes ocrées du plus grand sanctuaire en bois du monde resplendissaient à l'unisson du soleil couchant. L'endroit grouillait d'anges, certains assis, leurs immenses ailes ouvertes, sur le toit du campanile, quelques-uns somnolant sur le mur de pierre du cimetière, d'autres entrant et sortant de l'église, affairés à diverses tâches. On pouvait d'un seul coup d'œil en compter plus de deux cents, et il y en avait d'autres à l'intérieur. Ayant atterri au milieu de toute cette agitation, Ariel Auvinen demanda d'un ton qui se voulait détaché si quelqu'un pouvait faire savoir à l'archange Gabriel qu'il se tenait à sa disposition.

Encore peu au fait des habitudes célestes, il avait réellement cru se retrouver face à l'archange en personne, mais ce n'était heureusement pas le cas. On le conduisit dans l'église et, là, dans la magnifique tribune d'orgue où l'attendait un ange à la mine bourrue, plutôt jeune, qui avait une vieille blessure par balle au milieu du front et une tache lie-de-vin dans le cou, à la naissance de l'aile. Auvinen se présenta, l'ange fit de même.

« Gabriel. Bienvenue, Ariel. J'espère que tu as fait bon voyage. »

Il ajouta rapidement qu'il y avait dans le ciel un bon millier d'anges prénommés Gabriel et qu'il était l'un d'eux. Il avait entre autres été chargé de s'occuper des affaires d'Ariel Auvinen, aussi bien sur la terre qu'ici, au ciel, et avait en particulier été son ange gardien, de son vivant. Il avait fait tout ce qui était en son pouvoir pour s'acquitter de sa mission, ce dont attestait le fait qu'Ariel avait vécu une longue vie, relativement irréprochable, et avait lui aussi été admis parmi les anges.

Soulagé, Auvinen expliqua qu'il avait pour protégé le dénommé Aaro Korhonen et qu'on lui avait ordonné, en plein travail, de revenir à Kerimäki.

« Oui… les choses ne se sont pas passées exactement comme je l'avais espéré.

— Je suis désolé, mais j'ai fait de mon mieux.

— C'est bien le problème… personne n'est parfait, marmonna l'ange Gabriel. Mais venons-en au fait. Tu accumules quand même assez magistralement les gaffes. »

Un jeune ange faisant office de secrétaire les avait rejoints dans la tribune d'orgue. Il dressa la liste des exploits d'Ariel Auvinen : ce printemps, son protégé avait été victime de plusieurs accidents, souffert de trois commotions cérébrales consécutives, eu affaire à la police finlandaise et fait des rencontres féminines, le tout en l'espace de quelques semaines. Sans compter un corbillard bon pour la casse, le catafalque d'un second couvert de sang, une adolescente à moitié morte envoyée en neurochirurgie…

« Tu as aussi, de ta propre autorité, fourni une femme à ce Korhonen. Comme le pire des proxénètes. Ce gestionnaire semble pourtant capable de se débrouiller seul dans ce domaine, non ? À quarante ans, et avec toutes ses qualités. »

Ariel Auvinen avança pour sa défense que la serveuse du salon de thé de la rue Mechelin était à son avis trop jeune et trop frivole. N'était-il pas bon d'intervenir aussi dans les questions matrimoniales avant qu'il ne soit trop tard ?

Gabriel fit froidement remarquer que les anges gardiens n'avaient pas pour mission de se mêler des affaires de cœur des mortels, elles ne regardaient qu'eux, et d'ailleurs, qu'y avait-il à redire à ce qu'un homme ait une compagne plus jeune que lui ? Ariel Auvinen fit valoir que son protégé, toujours exposé à la tentation du péché, pourrait trouver auprès d'une femme mûre, restée jusque-là célibataire, un soutien et un refuge face aux tempêtes du monde.

Gabriel répliqua qu'Ariel Auvinen pouvait à tout moment renoncer à sa charge d'ange gardien s'il la trouvait trop lourde. Personne ne l'en blâmerait. Cette solution serait d'ailleurs peut-être la meilleure pour toutes les parties en présence.

Ariel Auvinen pria et supplia qu'on le laisse continuer, essayer encore une fois.

« Les prières, ça te connaît… on voit que tu as été professeur de religion. Quand es-tu mort, déjà ? »

Ariel Auvinen raconta avoir succombé à une pneumonie, quelque quatre mois plus tôt ; vers la fin, la température de ses bronchioles atteignait 41,3 °C. Il avait été immensément heureux d'être délivré de ses souffrances, et surtout de s'être vu confier un protégé.

L'ange Gabriel révéla être mort pour sa part dès 1939, sur le front, à Suomussalmi.

« Nous devons être nés à peu près à la même époque, tu avais bien quatre-vingt-deux ans, à ton décès ? Je suis né à Kuusamo en 1919, et je suis mort à vingt ans. J'aurais fêté mon vingt et unième anniversaire en février 1940 si je n'avais pas été tué à Suomussalmi. »

Ariel Auvinen frissonna jusqu'au bout des ailes. Se pouvait-il vraiment que l'ange Gabriel se soit battu pendant la guerre d'Hiver finlandaise et y soit mort pour la patrie ? Lui-même était né en 1922. Soit deux ou trois ans d'écart, conclut Gabriel, même si Ariel avait soixante ans de plus que lui.

« Je suis effectivement mort depuis plus de soixante ou soixante-dix ans. C'est fou ce que le temps passe vite. On n'y prête pas la même attention ici, au ciel, que quand on est jeune et vivant. »

Il ajouta, admiratif, qu'il tirait son chapeau à Ariel pour la fidélité à son patronyme dont il avait fait preuve en choisissant de conserver au ciel ce nom d'Auvinen qu'il avait porté toute sa vie. Lui-même y avait renoncé, en son temps, mais il avait ses raisons.

Quelles moqueries n'aurait-il pas essuyées, confia-t-il, s'il avait officiellement adopté son nom terrestre !

« Qui étais-tu donc ? Au début du XXe siècle, je veux dire.

— J'étais Kalle Määttä, et je le suis toujours, en un sens, même si je suis mort depuis longtemps. »

Ariel Auvinen concéda en son for intérieur, après y avoir réfléchi, que « l'ange Kalle Määttä » ne renvoyait pas une image très pieuse, ni très crédible d'un point de vue biblique.

« Figure-toi que j'ai grandi dans une famille profondément croyante, d'obédience laestadienne. En y réfléchissant avec un peu de recul, les Määttä feraient des anges aussi bels et bons que n'importe qui, comme tous les Gabriel ou autres. Mais c'est sûr que l'idée d'un archange Määttä passe assez mal, *a priori*, surtout auprès des persifleurs impies. »

L'ange Gabriel nota qu'il y avait au ciel, d'après ce qu'il en savait, au moins mille Gabriel et plusieurs milliers de saints Pierre et autres, rien d'extraordinaire là-dedans. Lui-même avait été habitué, de son vivant déjà, à vivre aux côtés de milliers d'homonymes dans sa région natale du Koillismaa, dont les principales villes, Kuusamo, Posio et Taivalkoski, n'étaient pourtant à l'époque que de petites bourgades. Lors d'un recensement, on y avait comptabilisé plus de 1 200 Määttä et, parmi eux, 164 Kalle. Il y avait aussi des Lämsä par centaines.

« À Kuusamo, pour une douzaine d'habitants, on compte dix Määttä flanqués de deux Lämsä », déclara l'ange Gabriel avec un petit rire sec.

Ariel Auvinen prit son courage à deux mains et lança qu'on comptait donc sans doute au ciel dix anges Gabriel et deux saints Pierre à la douzaine.

« Parfaitement, conclut l'ex-Määttä en reprenant un ton plus officiel. Mais revenons-en à ton affaire. Il semblerait que tu n'aies pas très bien saisi notre logique. Tu as pourtant été professeur de religion, et tu as l'expérience de l'âge. Mais en tant qu'ange gardien, tu es novice, et particulièrement empoté. »

Il ajouta que si Ariel Auvinen voulait poursuivre sa mission, il devait élaborer un nouveau plan d'action. Il ne devait plus, à l'avenir, se mêler de détails futiles. Aaro Korhonen était parfaitement capable de gérer seul ses petits problèmes. L'ange gardien devait se concentrer sur des objectifs plus généraux. S'il voulait, dans un souci de préservation, insuffler de nobles idéaux à son protégé, ou lui lancer des défis intellectuels, il devait mettre en œuvre des projets plus ambitieux et cesser de se livrer à de petites manipulations comme jusqu'à présent. Il devait revoir de fond en comble son programme de protection et, pour cela, respecter quelques règles.

Il devait en tout premier lieu renoncer à se mêler des affaires de cœur de son protégé. Il convenait également de bien réfléchir avant d'intervenir dans le domaine financier, au lieu de bâcler le travail : quand on versait de l'argent sur le compte d'un mortel, il fallait aussi veiller à justifier sa provenance, et autrement que par un coup de baguette magique.

L'ange Gabriel passa en revue de nombreux autres points, tandis qu'Ariel Auvinen s'efforçait de tout retenir. Il faisait preuve d'une réelle volonté de coopérer, ainsi que son mentor le constata avec satisfaction.

Ils bavardèrent pour finir sur un ton plus libre, et la conversation se porta, comme souvent entre anges finlandais mâles, sur les guerres passées. Gabriel raconta qu'il avait combattu à Suomussalmi, en décembre 39, dans le 6e bataillon cycliste, dont beaucoup d'hommes étaient originaires de Kuusamo et de Posio. Il dépendait du groupe Susi, commandé par le lieutenant-colonel Susisalmi — frère aîné du célèbre Bobi Sivén, devenu un héros de la cause nationaliste en se suicidant, en 1921. La bataille avait été dure, mais victorieuse. Un peu dans le même style que sur la route de Raate, à quelques kilomètres de là.

Ariel Auvinen raconta qu'il avait servi à l'époque à Helsinki dans les forces de défense aérienne, puis, pendant la guerre de Laponie, dans un bataillon d'artillerie sol-air. Il s'en était sorti sain et sauf, à part quelques rhumatismes contractés lors de cette expédition dans le Nord. Avec grade de sous-lieutenant.

« Mon lieutenant ! Caporal-chef Määttä au rapport ! » cria l'ange Gabriel dans un grand éclat de rire.

Puis il clôtura l'entretien en accordant à Ariel Auvinen quelques jours de congé et en lui souhaitant bonne chance pour sa mission de protection. L'ange gardien lui demanda d'où lui venaient son trou dans le front et sa grande tache dans le cou. Gabriel répondit d'un ton grave :

« Dans le cou, c'est une marque de naissance, et sur le front une marque de mort, une balle en plein dans le mille d'un tireur d'élite russe. »

Après sa mort, la patrouille du caporal Lämsä, qui appartenait à la même compagnie que lui, avait fait prisonnier l'auteur du coup de feu, un certain Leontiev. Ce dernier était mort de faim à l'automne 1941 dans un camp de prisonniers de guerre, à Kuhmo.

« Un homme précis. D'après ce que je sais, il séjourne actuellement dans le ciel des Russes. Lämsä est encore en vie, il radote tout seul dans son lit d'hôpital, paraît-il, à Kuusamo. Il a de grandes chances de mourir d'ici l'automne et de monter ici, au ciel. »

16

Mlle Nuutinen montre son caractère

Avec la bénédiction du caporal-chef Määttä, le sous-lieutenant Ariel Auvinen prit quelques jours de vacances à Kuopio avant de retourner poursuivre sa mission à Helsinki. Alors qu'il était allé se recueillir sur la tombe de sa femme, il se demanda pour la première fois où elle se trouvait, en fin de compte… Il ne l'avait pas vue, au ciel. La malheureuse Hilda avait-elle fini au purgatoire, ou dans les flammes de l'enfer ? Comment n'y avait-il pas pensé plus tôt ? Après des dizaines d'années de mariage, et plusieurs mois après sa propre mort.

Quelqu'un avait déposé des fleurs sur la tombe de Hilda. Mais qu'en était-il de la sienne ? Il se rappelait qu'on l'avait enterré aux côtés de son épouse, très bien, mais son nom n'était pas inscrit sur la pierre tombale des Auvinen qu'il avait lui-même achetée, aucune trace de sa date de naissance ni de celle de sa mort. C'était frustrant. Avait-on déjà oublié jusqu'à son existence, ou s'agissait-il d'un délai commercial normal ? On ne gravait sans doute pas si vite que ça un nom dans le granit. Comment se faisait-il que personne ne s'en soit préoccupé ? Nom d'une pipe, si Hilda avait encore été en vie, la question aurait été réglée depuis longtemps, mais elle était morte et enterrée.

Une triste vérité frappa Ariel Auvinen : leur mariage avait été à bien des égards un échec. Tout était parti d'un brûlant désir sexuel. N'importe quel jupon aurait été bon pour l'assouvir. Hilda s'était trouvée là, ils s'étaient fiancés et épousés. Ils avaient même eu des enfants, mais toute leur union avait été teintée d'hostilité et de regrets. Ce gâchis avait duré plus de quarante ans. Hilda était d'une méchanceté sournoise, et séjournait sûrement aujourd'hui en enfer. Juste ciel ! Ariel ne put cependant retenir un sourire satisfait à l'idée que cela ne faisait guère de doute.

Pour le reste, l'ange gardien profita pleinement de son séjour à Kuopio. Il planait au-dessus de la ville où il avait vécu, contemplant du ciel ses rues, ses parcs, ses lacs bleus, ses ponts et sa tour panoramique, sur la colline de Puijo, avec son restaurant tournant, qui avait été à une époque une attraction touristique nationale. Il se rappela qu'à l'occasion de la polémique qui avait fait rage sur l'opportunité de bétonner le sommet de la colline, il avait fait preuve de courage citoyen en envoyant au courrier des lecteurs des *Nouvelles du Savo* une lettre soutenant le projet, sous le titre « Le ciel pour limite ». La tour commençait à se délabrer, mais le restaurant restait d'un excellent niveau. En voletant autour pour regarder les clients par les fenêtres, Ariel Auvinen en reconnut plusieurs : le maire levait justement son verre de schnaps glacé, d'une marque locale, au milieu d'un groupe d'invités. Il y avait là plusieurs Savolais célèbres, dont Paavo Lipponen et Martti Ahtisaari, tous deux avec leur femme. Plus loin, Erkki Liikanen et Lasse Lehtinen, eux aussi accompagnés, pour une fois.

En regardant le repas gastronomique que l'on commençait à servir aux tables — corégones nains à la crème, crêpes flambées, cognac aux reflets ambrés... —, Ariel Auvinen eut l'eau à la bouche. Mais comment un Savolais mort aurait-il pu goûter à ces mets traditionnels ? De quel droit cette engeance se régalait-elle sous ses yeux ! Une noire jalousie lui emplit le cœur et, sans plus réfléchir, il décida de déchaîner une telle tempête que les arêtes de corégone resteraient en travers de la gorge de ces gloutons.

Les anges sont puissants, ils ont de la sève, comme on dit dans le Savo. Ariel souleva d'abord un vent à faire trembler les vitres du restaurant panoramique, puis amassa au-dessus de la colline de terribles nuées d'orage d'où jaillirent des éclairs. Ha ! Il dirigea la foudre droit sur le sommet de la tour et vit avec plaisir les lumières s'éteindre dans le restaurant et les ascenseurs s'arrêter dans leur cage. La mine livide, ces messieurs regardaient l'orage et Ariel Auvinen eut l'impression qu'au moins Erkki Liikanen priait à voix basse pour le salut de son âme, vigoureusement encouragé à reconnaître ses péchés par son épouse aimante, Assi.

Ariel aurait bien prolongé le châtiment des sociaux-démocrates savolais, mais ses pouvoirs avaient des limites. Un veto absolu tomba de Kerimäki : l'ange Gabriel ordonnait à son subordonné de se calmer et d'apaiser la tempête. Ces messieurs purent poursuivre leurs agapes, mais leur habituelle faconde avait baissé d'un ton, et personne ne se risqua cette fois à se payer la tête des natifs de la capitale.

Ariel Auvinen appréciait le charme de Kuopio, mais son travail l'attendait. Il s'envola pour Helsinki aux premiers jours de juin, prenant le chemin du retour le cœur léger, plein d'espoir, contrairement à l'aller. Il était maintenant armé de précieux conseils. Il devait cesser de s'intéresser à des vétilles et laisser son protégé gérer lui-même sa vie sociale.

Aaro et Oskari avaient pris le chemin de la Suède pour aller négocier à l'usine Volvo l'achat d'un nouveau corbillard, en remplacement de celui qui avait été accidenté en Ostrobotnie. Viivi Ruokonen et Ritva Nuutinen s'occupaient de la Bouquinerie-Salon de thé d'Aaretti. L'une faisait son métier de serveuse, l'autre rangeait et classait les livres dans les rayons. De temps à autre, un client poussait la porte. Les amateurs de vieux livres avaient appris, par le bouche à oreille, qu'un nouveau magasin spécialisé avait ouvert rue Mechelin, avec un salon de thé qui proposait de délicieuses pâtisseries et d'appétissants sandwiches.

En regardant Mlle Nuutinen s'affairer dans les travées de la bouquinerie, Ariel Auvinen se dit que le moment était venu de l'inciter à regagner Lieksa. Gabriel avait raison, tout compte fait : les anges gardiens n'ont pas pour mission de fournir des femmes à leurs protégés. Il était conscient d'avoir fait preuve de légèreté en poussant l'institutrice à partir pour Helsinki dans l'intention de séduire Aaro. Mais elle avait beau avoir toutes les qualités requises pour faire une compagne idéale, ce dernier restait de marbre, et mieux valait annuler tout le projet. Le vieil ange s'introduisit dans le subconscient de Ritva Nuutinen afin de lui murmurer qu'il était peut-être temps de rentrer chez elle.

Ses suggestions restèrent sans effet. L'institutrice repoussa sur-le-champ ces pensées. Pas question de renoncer à Aaro. Malgré tous les efforts d'Ariel Auvinen pour l'amener à se détourner de lui, rien n'y fit. Une lutte spirituelle s'engagea, avec pour seul résultat de rendre Aaro Korhonen encore plus désirable aux yeux de Mlle Nuutinen.

Mais l'ange gardien ne pouvait pas se permettre d'abandonner. Obtenir le départ de l'institutrice était un défi qu'il devait relever coûte que coûte. Il ne plierait pas devant une simple mortelle. En toute objectivité, d'ailleurs, Viivi ferait peut-être en fin de compte une meilleure compagne pour Aaro, malgré son jeune âge et son apparente frivolité.

Ariel Auvinen réfléchit toute la journée au moyen de bouter Mlle Nuutinen hors de la rue Mechelin. À la tombée du soir, son plan était prêt. Dans le crépuscule, il survola les rues du quartier de Töölö à la recherche d'un mauvais garçon susceptible de flanquer la frousse à l'institutrice. Elle ferait ensuite sûrement ses bagages pour rentrer en Carélie du Nord.

À vol d'oiseau, on a une meilleure vue qu'au sol, et, une demi-heure plus tard, Ariel Auvinen avait repéré plusieurs hommes de main potentiels. Il arrêta son choix sur un tagueur d'une vingtaine d'années, Jani Vottonen, qui, une bombe de peinture à la main, barbouillait le mur de l'arrière-cour du Musée national. Le jeune homme portait un pantalon hip-hop déchiré et un T-shirt à manches courtes trempé de sueur, ses biceps s'ornaient de tatouages de mauvais goût et les ailes de son nez de piercings peu ragoûtants. Il puait la transpiration et la crasse. Le parfait vaurien, songea satisfait l'ange gardien. Mlle Nuutinen ne s'en remettrait pas.

Ariel Auvinen lava facilement le cerveau de Jani pour l'asservir à ses desseins : il lui vint l'idée d'aller faire peur à quelques petites vieilles, pourquoi pas rue Mechelin… C'était comme une nécessité intérieure, qui l'étonnait lui-même, mais ça risquait d'être marrant, bien plus cool que de graffiter des lieux publics. D'un pas décidé, Jani partit vers le sud de Töölö, mais se ravisa et revint en arrière pour taguer sa signature sur le mur du musée et, dessous, un bref message envoyant chier le monde entier. Après avoir contemplé son œuvre, il abandonna avec un sourire satisfait son arène artistique du jour et fila rue Mechelin. Il tomba, tel un automate, sur le bloc d'immeubles où se trouvait la Bouquinerie-Salon de thé d'Aaretti. Il y avait tout un bric-à-brac en devanture, avec un tas de vieux livres, putain ! Rien à foutre, songea-t-il en taguant une grosse bite sur la vitre, puis il décida, comme guidé par la main de Dieu, d'aller mettre un peu le bordel dans les étages. Une phrase tournait en boucle dans sa cervelle : *Putain ! salope, rentre à Lieksa et ne ramène plus jamais ta gueule de raie par ici !* Il éclata de rire, tellement l'injure semblait incongrue, mais en même temps géniale.

Jani appuya au hasard sur quelques boutons de l'interphone de l'escalier A, et bientôt la porte s'ouvrit. Sans plan préconçu, il se dirigea vers l'ascenseur et monta au dernier étage. Là, il regarda les noms sur les plaques des appartements : Haartmann, Salonen, Korhonen, Starck. Tiens, pourquoi pas Korhonen, se dit-il, et il sonna. Il faisait déjà nuit et il dut carillonner longtemps avant que la porte ne s'entrebâille sur une femme entre deux âges en chemise de nuit. La victime parfaite, songea Jani, et il lui cria au visage :

« Putain ! salope, rentre à Lieksa et ne ramène plus jamais ta gueule de raie par ici ! »

Pour renforcer le poids de ses mots, il lui cracha à la figure. Ç'en était trop pour Mlle Nuutinen, qu'il avait réveillée en plein sommeil. Elle empoigna le malotru par la peau du cou, le projeta à la volée contre le mur du couloir, le saisit à la gorge pour le remettre debout, lui assena une paire de gifles puis le fit tomber à quatre pattes sur le seuil de la porte, recula dans l'entrée pour prendre son élan et revint comme un buteur lui donner un tel coup de pied au cul qu'il glissa en hurlant vers la cage d'ascenseur, dont il heurta de plein fouet la grille de fer. Pleurant et jurant de se venger, le triste héros se traîna jusqu'à l'escalier. Mlle Nuutinen ne prit pas la peine de le poursuivre.

L'ange gardien Ariel Auvinen avait suivi la bataille avec effroi. Une fois de plus, son pieux projet avait lamentablement échoué. L'institutrice était vraiment une dure à cuire ! Il ne pouvait que l'admirer, en un sens, mais ses manières commençaient à lui faire peur. Si elle parvenait en dépit de tout à épouser Aaro Korhonen, ce dernier avait du souci à se faire.

Jani Vottonen s'éloigna en claudiquant dans la rue

Mechelin. Il brandit le poing en direction du dernier étage de l'immeuble.

« Je jure de brûler toute cette foutue baraque, putain de bordel de merde ! »

La menace aggrava encore les craintes de l'ange gardien.

17

Le corbillard suédois

Le gestionnaire Aaro Korhonen et le chauffeur de corbillard Oskari Mättö avaient pris le bateau jusqu'à Stockholm, où ils montèrent dans le train de Göteborg. Ils devaient choisir et acheter à l'usine d'assemblage Volvo de Torslanda un nouveau fourgon mortuaire pour le compte des Pompes funèbres Lindell, afin de remplacer celui qui avait été réduit à l'état d'épave.

Alors qu'ils étaient dans le train, Oskari reçut un bref message sur son portable : *Achetez donc deux fourgons, tant que vous y êtes, la saison d'été s'annonce bonne en Finlande du Sud. Lindell.*

Inspirés par ces nouvelles instructions, les deux hommes eurent une idée de génie : prendre d'abord livraison à Torslanda d'un Volvo, puis l'utiliser pour se rendre en Allemagne afin d'acheter un Mercedes, par exemple, et de les essayer tous les deux sur route avant de revenir en Finlande.

Torslanda se trouvait à la périphérie de Göteborg. Une fois installés à l'hôtel, les deux amis prirent un taxi pour l'usine Volvo, où ils étaient attendus. C'était l'après-midi et, fatigués par leur long trajet en train, ils acceptèrent avec plaisir les sandwiches göteborgiens au homard arrosés de bière blonde qu'on leur proposa. Ensuite, au travail ! Le chef de fabrication de l'usine, Nils Westermarck, avait soigneusement préparé la présentation du corbillard. Il expliqua aux représentants des Pompes funèbres Lindell que Volvo avait beaucoup investi, ces derniers temps, dans le développement de véhicules spéciaux. Les enjoliveurs des fourgons mortuaires, par exemple, étaient maintenant noirs, et non plus en aluminium brillant. On pouvait en outre escamoter le porte-fanion de l'aile gauche grâce à un bouton placé sur le tableau de bord et même, détail appréciable, mettre automatiquement le fanion en berne. Surtout en plein hiver, cet ingénieux détail s'était révélé très utile. Les véhicules officiels bénéficiaient de la même technologie, mais naturellement sans être équipés en série de l'option de mise en berne.

Le chef de fabrication fit fièrement remarquer, au chapitre des caractéristiques techniques, qu'il s'agissait du dernier modèle V 70 de Volvo, doté d'une suspension ferme mais néanmoins adaptée à l'utilisation du véhicule comme ambulance — un patient souffrant d'une grave commotion cérébrale, par exemple, devait pouvoir être transporté de toute urgence, mais sans heurts ni cahots. Aaro Korhonen fut particulièrement sensible à cet argument.

« Des solutions aussi sophistiquées reviennent bien sûr assez cher, mais je vous garantis que ce fourgon est d'une fiabilité absolue, parfaitement adapté à tous les besoins funéraires, et d'une sobre élégance, dans sa noirceur. »

Le chef de fabrication Nils Westermarck vanta également la boîte automatique équipée d'une position « marche avant au ralenti », spécialement conçue pour les cortèges funèbres : le chauffeur n'avait plus aucun effort à faire pour rouler au pas, les ingénieurs de Volvo avaient trouvé la solution idéale.

Oskari Mättö prit brièvement la parole. Il parlait parfaitement suédois car sa mère, qui était originaire de Salla, en Laponie, l'avait appris pendant les années de guerre qu'elle avait passées dans une famille d'accueil en Scanie, lorsqu'elle était enfant, et avait ensuite transmis à ses propres enfants cette langue chère à son cœur.

Clignant de l'œil, Oskari souligna que les Pompes funèbres Lindell étaient l'une des plus grosses entreprises nordiques du secteur et que le prix du matériel de transport n'était pas un obstacle, à condition que le véhicule réponde aux exigences finlandaises. Il confia avoir conduit quelque sept cents défunts au cimetière, dans des corbillards de différentes marques, et savoir, entre autres, qu'en dépit de la vitesse réduite à laquelle on roulait le plus souvent dans cette profession, la capacité d'accélération du véhicule, et surtout l'efficacité du freinage, étaient primordiaux. L'isolation phonique du moteur était également essentielle. Le diesel était par conséquent exclu, compte tenu des attentes actuelles des familles, car toute perturbation de la paix et du silence du cimetière devait être évitée. Un véhicule lourd grondant dans les allées de sable à la manière d'un Mercedes diesel n'était pas propice au recueillement.

« Si le fourgon de votre usine répond à nos attentes,

nous sommes prêts à discuter d'autres livraisons futures et à conseiller votre matériel aux services de secours de tous les pays nordiques », assura aimablement Oskari Mättö en clignant involontairement de l'œil.

Ils sortirent dans la cour d'exposition de l'usine examiner le corbillard flambant neuf. C'était un superbe Volvo noir, avec une croix en argent sur la grille de radiateur, à l'emplacement habituel du logo de la marque. Haut de plafond, vitres gris foncé sur les côtés, deux portes à l'arrière. On les ouvrit pour jeter un coup d'œil à la partie réservée au cercueil. Elle était de bonne taille : Oskari Mättö grimpa sur le catafalque et demanda à Aaro de mesurer l'espace libre à l'avant de sa tête et à l'arrière de ses pieds.

« Ces dimensions sont importantes. Le mieux aurait été d'avoir un cercueil vide pour faire des essais, mais ça ira comme ça, on peut prendre des mesures sur le vif », lança-t-il.

On fit glisser le cobaye dehors par le plateau de chargement muni de rails. En professionnel consciencieux, Oskari examina la structure de ces derniers et constata immédiatement que les roulettes coulissantes étaient un peu petites, elles ne résisteraient pas longtemps à un usage intensif. Il fit remarquer qu'en Finlande, comme dans les autres pays industriels développés, on enterrait désormais beaucoup de défunts obèses, et que les roulettes devaient être plus robustes. Le chef de fabrication les examina, ainsi que les rails, et admit qu'Oskari avait raison. Il promit de les faire remplacer, dans la nuit, par un modèle plus gros.

Au matin, le véhicule était prêt, et, après avoir signé un

billet à ordre, Oskari Mättö prit le volant. Le chef de fabrication Nils Westermarck lui offrit en prime un drapeau de deuil suédois renforcé de fibre de verre que l'on fixa, en berne, au porte-fanion du fourgon. Le mécanisme fonctionnait à merveille !

Les deux amis passèrent à l'hôtel récupérer leurs valises, les jetèrent sur le catafalque et prirent la direction du Danemark. Aaro Korhonen entreprit de se renseigner sur les vendeurs de corbillards allemands.

Il reçut aussi un appel de Viivi, qui lui rapporta que les affaires de la Bouquinerie-Salon de thé d'Aaretti marchaient plutôt bien. Pour le reste, elle se plaignit qu'il lui manquait et que la compagnie de Mlle Nuutinen lui pesait, pour de multiples raisons.

Alors qu'ils franchissaient l'immense pont de l'Øresund, les deux hommes se dirent que l'endroit serait idéal, au retour, pour vérifier comment les corbillards accéléraient et tenaient la distance, en cas d'urgence. Mais avant, mieux valait filer vers Hambourg, drapeau en berne, pour acheter à Lindell un second véhicule, de marque allemande, pour changer.

Tant en Suède qu'au Danemark, les corbillards étaient dispensés de péage, et il n'y avait aucune formalité douanière à la frontière.

Rue Mechelin, la haine qui régnait entre les deux femmes avait pris des allures de guerre de tranchées, mais elles étaient bien obligées de se supporter, d'une manière ou d'une autre. Alors qu'elle faisait le ménage dans l'appartement d'Aaro, Viivi décida qu'il était temps de laver les tapis en lirette. Mlle Nuutinen l'aida d'un air maussade à les porter dans le coffre d'un taxi, même si la perspective d'une lessive en plein air par un beau jour d'été, afin d'aider Aaro, n'avait en soi rien de désagréable. Elles se firent conduire au bord de la mer, dans le parc de Kaivopuisto, où s'affairaient déjà de nombreux groupes de laveurs, hommes, femmes ou familles entières.

Sous la pression des écologistes, la municipalité avait fait mettre au sec, plus haut sur les rochers, les anciens pontons-lavoirs flottants. Le savon au pin polluait l'eau, paraît-il. Tous étaient d'accord pour dire que le lavage des tapis y avait perdu beaucoup de son charme. Que pouvaient bien faire quelques gouttes de lessive dans la mer bordant la capitale ?

Ariel Auvinen partageait ce point de vue. Il décida de prendre les choses en main. Quelques ivrognes lézardaient au soleil sur les rochers. L'ange gardien en embaucha une dizaine pour remettre les lavoirs à l'eau.

« Ho hisse ! Ho hisse ! »

Bientôt les pontons furent de nouveau à flot. Mais avant qu'on ait eu le temps de les ancrer, la légère brise qui soufflait les emporta, avec leurs laveurs et leurs tapis, vers l'île d'Uunisaari. Ce n'est que tard dans la soirée que les ouvriers des parcs et jardins de la ville, aidés par les pompiers, réussirent à les remorquer à travers l'étroit bras de mer jusqu'à leur emplacement initial.

Malgré ce léger contretemps, l'ange gardien était satisfait :

les tapis sentaient maintenant le propre et le frais parfum de l'eau de mer.

Les deux femmes les rapportèrent sur Mechelin, où elles les étendirent à sécher dans le grenier. Mlle Nuutinen songea que c'était un bon début. Les tapis en lirette d'Aaro étaient maintenant lavés. Leur vie commune s'annonçait bien. Viivi elle-même finirait par le comprendre et par renoncer à convoiter un homme trop vieux pour elle.

Ariel Auvinen soupira, résigné. En ce qui le concernait, l'institutrice énamourée pouvait aussi bien rester à Helsinki, en tout cas pour l'instant. Malgré tout son pouvoir angélique, il était impuissant à la renvoyer à Lieksa.

18

Le destin allemand d'Elsa et d'Amalia

En cours de route, Aaro Korhonen prit contact avec la plus proche usine d'assemblage de Mercedes-Benz, qui se trouvait à Stuttgart, afin de négocier. Il informa son interlocuteur qu'il avait pour objectif de comparer les avantages concurrentiels de Volvo et de Mercedes dans le domaine du transport funéraire et espérait que l'usine porterait à ce projet toute l'attention qu'il méritait. Il déclara qu'il représentait l'entrepreneur finlandais de pompes funèbres Lindell, dont la réputation de leader du marché nordique n'était plus à faire et qui était partisan de méthodes commerciales sérieuses et discrètes. Si le véhicule répondait à ses attentes, un achat était envisageable.

À l'usine de Stuttgart, on souhaita chaleureusement la bienvenue aux visiteurs. L'établissement fabriquait des fourgons de transport funéraire depuis déjà 1890. Aaro s'abstint de toute plaisanterie morbide sur les tristement célèbres convois à destination des camps de concentration.

Oskari Mättö escamota le fanion de l'aile du corbillard et écrasa le champignon. Le Volvo soupira de toutes ses tubulures et atteignit en un instant les deux cents kilomètres à l'heure. Aaro se chargea de la navigation et, avant que la nuit ne tombe, ils étaient à Stuttgart, où ils prirent une chambre d'hôtel. Le lendemain matin, ils filèrent acheter un Mercedes.

« En général, nous procédons aux finitions des véhicules spéciaux dans leur pays de destination, mais, pour vous, nous ferons volontiers une exception. Nous avons une solide expérience de la construction de fourgons mortuaires et je ne pense pas que l'on puisse offrir, à Helsinki, des services aussi sophistiqués qu'ici, à Stuttgart. »

Heinz Schawenstein — le directeur du département de la recherche et du développement des centres de production de Mercedes-Benz en Europe occidentale — souhaita chaleureusement la bienvenue aux représentants de la maison Lindell. Il leur servit dans son bureau de la choucroute garnie de bratwursts chauds, avec une épaisse bière allemande. Puis on en vint au sujet du jour. Schawenstein présenta en détail le véhicule qu'il avait à leur proposer. Selon lui, il soutenait sans mal la comparaison avec le modèle concurrent du Suédois Volvo. Sa boîte de vitesses automatique était équipée d'une position « escargot », nota-t-il sur le ton de la plaisanterie, et les qualités de son catafalque avaient été vérifiées au fil de milliers d'enterrements — il coulissait sur ses rails en moins de temps qu'il n'en faut à une femme pour changer d'avis, tout en étant au minimum aussi stable que les selles de combat des Hakkapélites ou des anciens Mongols. La peinture noire du fourgon était ébonitée, afin d'éviter les reflets inutiles et de dégager une impression de sérénité, voire de recueillement.

Ils passèrent dans la cour d'exposition de l'usine pour examiner le véhicule. Aaro Korhonen s'y connaissait maintenant lui aussi en contrôle de qualité des corbillards. Il ouvrit les portes arrière et se coucha sur le catafalque. Heinz et Oskari purent constater qu'il y avait largement la place pour le cercueil d'un défunt de 2,20 mètres, si nécessaire. Il y avait aussi toute la largeur voulue. Même si le mort pesait 150 kilos, il tiendrait à l'aise dans le véhicule.

En plein milieu de ces importantes vérifications, le téléphone d'Oskari Mättö se mit à bourdonner. Un bref message s'afficha : *Vous avez un mort finlandais à rapatrier de Berlin, voyez avec la vice-présidente de l'Association finlandaise en Allemagne, Hilkka Pöntinen. Comment est le Mercedes ? Cordialement, Lindell.*

On vérifia soigneusement si les roulettes du catafalque étaient assez solides. Elles l'étaient, inutile de les changer. Oskari alla chercher le Volvo, dans la rue, pour le garer dans la cour à côté du Mercedes. Belles bagnoles ! En les regardant, on se disait que ça valait le coup de mourir, si c'était pour être conduit au cimetière dans d'aussi magnifiques corbillards. Heinz se pencha avec intérêt sur le mécanisme du porte-fanion du Volvo. Le Mercedes était équipé d'un système manuel traditionnel, mais peut-être l'industrie automobile allemande adopterait-elle dès la génération de morts suivante le système de mise en berne, incontestablement ingénieux, inventé par les Suédois.

En tant que gestionnaire, Aaro Korhonen avait appris

l'allemand au cours de ses études. Il prononça donc un bref discours, un peu sur le même ton officiel qu'Oskari à Torslanda. Heinz Schawenstein fut sensible au style de ses clients. La signature du billet à ordre et les formalités d'immatriculation ne prirent que quelques minutes. Sur un chaleureux échange de poignées de main, les deux fiers corbillards prirent la route de Berlin. Les puissants moteurs des noirs pur-sang automobiles rugirent de plaisir en arrivant sur l'autoroute. Oskari conduisait le Mercedes, Aaro le Volvo. À Bonn, ils échangèrent leurs places, et furent bientôt à Berlin.

La colonie finlandaise de la capitale allemande était en deuil. L'un de ses piliers, Mme veuve Amalia Karhunen, l'avait quittée. Il fallait, conformément à ses dernières volontés et en puisant dans ses confortables moyens financiers, constatés à l'ouverture de son testament, convoyer son corps jusqu'à sa dernière demeure au cimetière de Keikyä, dans son pays natal. Le cercueil avait été acheté et le certificat de décès signé, et la défunte n'avait plus besoin de passeport, un laissez-passer mortuaire suffisait.

La profonde affliction des Finlandais de Berlin avait aussi une autre cause. Une amie d'Amalia Karhunen, Elsa Suhonen, vivait ses ultimes instants à l'hôpital catholique de la ville, et il faudrait elle aussi l'enterrer au cimetière de Keikyä. Elsa était hélas encore en vie, bien qu'en état de mort cérébrale, mais rendrait sûrement bientôt son dernier soupir. La vice-présidente de l'Association finlandaise, Hilkka Pöntinen, demanda à Oskari et Aaro s'ils pouvaient attendre qu'elle décède et que l'on règle les formalités.

Aucune autopsie ne serait sans doute requise, et l'on pourrait ainsi rapatrier les dépouilles des deux amies dans leur pays natal avec tout le respect et le décorum nécessaires.

« On nous a dit, aux Pompes funèbres Lindell, que vous aviez deux fourgons mortuaires.

— C'est bien ça, et flambant neufs », se vanta Oskari Mättö.

Les deux hommes accompagnèrent Hilkka Pöntinen à l'hôpital catholique. Elle avait apporté un chandelier et deux bougies bleues qu'elle alluma au chevet de la mourante, puis elle demanda au personnel de les laisser seuls un moment. Elle s'approcha du lit de la vieille dame, lui arracha ses perfusions et jeta un coup d'œil au moniteur. La courbe déjà lente du cardiogramme se mua en un trait continu.

« Adieu panier, vendanges sont faites ! » déclara-t-elle, froidement réaliste.

La mort avait frappé. L'instant était solennel, Aaro et Oskari, muets, se raclaient la gorge. Hilkka leur demanda si l'un ou l'autre avait une assez belle voix pour chanter un cantique. Aucun d'eux ne tenait à faire étalage de son talent, mais, quand Hilkka entonna à mi-voix *Plus près de toi, mon Dieu*, ils se joignirent à elle. Le médecin de garde entra et serra la main des Finlandais endeuillés.

« Toutes mes condoléances. Il n'y aura pas d'autopsie, les papiers sont prêts depuis déjà deux semaines. »

Il faut un certain temps pour qu'un corps refroidisse et pour qu'on le prépare. Le convoi put prendre le chemin du retour trois jours plus tard. On chargea les cercueils dans les corbillards, Aaro prit le volant du Mercedes, Oskari celui du Volvo. De Berlin, ils prirent la direction du Danemark, après avoir informé Lindell que, le temps d'arriver en Finlande et de déposer les cercueils à Keikyä, ils seraient à Helsinki dans soixante-douze heures. Lindell s'en félicita, il avait déjà six nouveaux morts en attente.

19

Le dernier voyage des dames de Keikyä

Sur le nouveau pont de l'Øresund, Aaro et Oskari ne purent se retenir de vérifier qui avait le véhicule le plus rapide. L'occasion était parfaite, car ils avaient roulé toute la journée depuis Berlin, il était déjà près de minuit et il n'y avait pratiquement personne dans le secteur. Aaro conduisait maintenant le Volvo, Oskari le Mercedes. Il avait Elsa pour passagère, son camarade, Amalia. Toutes deux femmes de sang-froid.

Les corbillards s'élancèrent. L'accélération du Volvo était supérieure, de zéro à cent en 6,7 secondes, mais le Mercedes le serrait de près. Les aiguilles des compteurs venaient de dépasser en flèche les 200 km/h quand le véhicule d'Elsa doubla celui d'Amalia, mais celle-ci ne s'avoua pas vaincue. Peu avant la rive suédoise, les deux fourgons, roulant de front, se heurtèrent à un barrage routier de la police. C'était aux freins de faire leurs preuves. Les systèmes ABS des deux constructeurs automobiles fonctionnaient à merveille. Du moins dans ces conditions estivales.

Le drapeau aussitôt en berne, le Volvo s'arrêta, avec le

Mercedes sagement à ses côtés. Aaro et Oskari déclarèrent aux policiers que leur radar avait dû pêcher ses chiffres dans un autre monde, qui donc roulerait à plus de deux cents dans un corbillard ? C'était idiot. À l'appui de leurs dires, ils ouvrirent les portes arrière de leurs véhicules et montrèrent leurs passagères. Il n'y avait pas à tortiller, il s'agissait d'un convoi funéraire, les nouveaux instruments internationaux de contrôle des vitesses ne pouvaient qu'avoir menti. Les policiers s'excusèrent de leur zèle bassement matériel. Les deux chauffeurs purent reprendre leur route.

Ils s'arrêtèrent dans un petit motel à Malmö. Ils hésitèrent : fallait-il aller garer les corbillards dans un parking public, gardé ou au moins clôturé ? Mais comme il faisait nuit et qu'ils étaient tous les deux fatigués par leur long trajet, ils décidèrent de les laisser dans la rue devant le motel.

« Qui donc volerait un corbillard, surtout avec un client à l'intérieur », conclurent-ils froidement. Et pourtant, au matin, les deux fourgons et leurs passagères avaient disparu. Les voleurs avaient sans doute cru, dans la pénombre de la nuit d'été, avoir affaire à des breaks de luxe qui n'attendaient qu'eux, sans songer un instant qu'il pouvait s'agir d'un transport de corps. Quoi qu'il en soit, la rue était déserte.

Le scandale était sans précédent. Désespéré, Oskari Mättö appela Lindell, à Helsinki, pour lui avouer qu'Aaro et lui avaient égaré deux corps et deux corbillards.

Lindell s'enquit des détails de l'affaire et réfléchit un moment. Puis il suggéra qu'il s'agissait peut-être d'hommes de main de la mafia russe, pour qui les grandes voitures noires constituaient un butin de choix. Mais qui sait s'ils ne s'étaient pas déjà rendu compte que leur prise ne serait pas si facile à écouler. Lindell leur enjoignit de porter plainte auprès de la police suédoise et promit d'alerter de son côté les douaniers et les gardes-frontières finlandais, au cas où les fourgons prendraient avec leur chargement la direction de l'est. Mais il était bien sûr possible que les voleurs de voiture soient suédois.

Au même moment, Ariel Auvinen volait vers la Suède à la rencontre d'Aaro et d'Oskari. L'ange gardien fut bientôt informé des événements. La disparition de deux défuntes était une nouvelle si énorme qu'il faillit s'emmêler les ailes. Il accéléra l'allure et arriva à temps à Malmö pour aider aux investigations. Des enquêteurs étaient déjà sur place, et Aaro et Oskari leur expliquaient les circonstances de la disparition des corbillards et des cercueils. Bientôt le chef de la police de Malmö se présenta lui aussi au motel. Un avis de recherche fut lancé dans tout le sud de la Suède, et diffusé à la radio. Toutes les forces disponibles se lancèrent activement à la poursuite des deux voitures noires.

La police suédoise a souvent été critiquée pour son indécision et son incompétence, mais cette fois elle fit preuve de célérité et d'initiative.

On découvrit bientôt que les corbillards avaient été volés aux petites heures de la nuit devant le motel et avaient aussitôt pris la direction de Stockholm. Les coupables étaient vraisemblablement des professionnels venus de l'Est. À un moment ou à un autre, ils s'étaient aperçus que quelque chose clochait et avaient quitté l'autoroute. Les deux breaks noirs avaient été vus pour la dernière fois près de Stockholm. Des hélicoptères de la police les recherchaient déjà. L'ange gardien Ariel Auvinen prit lui aussi part aux opérations. Il faisait un meilleur observateur aérien que les pilotes d'hélicoptère ou d'avion, car il se mouvait avec aisance dans le ciel et pouvait se poser à sa guise pour effectuer des vérifications sur le terrain. Les anges ont des capacités de vol équivalentes à celles des hélicoptères de combat les plus modernes. Et ils n'ont pas besoin de pistes d'atterrissage. Mais ils ne peuvent guère transporter de charges, à part peut-être un sac à dos ou autre balluchon, ou par exemple une bible. Mais Ariel volait maintenant sans bagages, car les créatures célestes ne requièrent pas de ravitaillement, et ne consomment pas une goutte de carburant.

Il localisa les deux voitures noires au nord de Stockholm. S'élançant à puissants coups d'aile à leur poursuite, il constata qu'elles étaient conduites par de solides gaillards d'une quarantaine d'années, à l'air russe. Apparemment, ils n'avaient pas osé prendre le ferry, craignant que la police ne les attende au port. Peut-être avaient-ils décidé de quitter la Suède par Tornio, ou par tout autre point de la frontière terrestre avec la Finlande, pour continuer ensuite vers Salla ou Mourmansk. Le plan était audacieux, et il ne fallait pas manquer de culot pour le mettre en œuvre.

En jetant un coup d'œil à l'intérieur des corbillards par les vitres latérales teintées, l'ange gardien sursauta : le chargement avait disparu. Juste ciel ! Il savait qu'il y avait au départ dans chaque fourgon un cercueil, et à l'intérieur un défunt, mais les catafalques étaient maintenant nus. Les voleurs s'étaient donc finalement aperçus qu'ils s'étaient par inadvertance emparés non seulement de deux corbillards, mais aussi de deux morts. Dans leur fuite, ils s'étaient débarrassés des cercueils, à un moment ou à un autre, et roulaient maintenant vers le nord sans morts ni remords, comme seuls en sont capables des mafieux. Mais où donc avaient-ils abandonné les dépouilles d'Amalia Karhunen et d'Elsa Suhonen ?

Ariel Auvinen pénétra dans les pensées de son protégé et lui fit part de sa découverte. Aaro Korhonen indiqua aussitôt à la police qu'à son avis les voitures se trouvaient quelque part au nord de Stockholm, filant vers Haparanda. On envoya les hélicoptères vérifier cette intuition. L'ange gardien orienta le regard de l'observateur aérien dans la bonne direction et bientôt, des hauteurs du ciel, l'alerte fut donnée afin qu'un barrage routier cueille les fugitifs.

Pris dans la nasse, les voleurs furent appréhendés. Ils déclarèrent avoir abandonné leur chargement au petit matin, quelque part dans un cimetière, mais ils ne se rappelaient pas où. Ils protestèrent de leur profonde piété et jurèrent n'avoir pas eu l'intention de voler des cercueils, et encore moins d'innocents défunts. Ils n'auraient pas touché aux deux breaks noirs s'ils avaient su ce qu'ils contenaient. Mais dans la pénombre de la nuit, impossible de savoir qu'il s'agissait de corbillards. Ils ne portaient encore sur leurs flancs aucun nom d'entreprise de pompes funèbres, ni même la croix de rigueur. Les voleurs avaient cru s'emparer de luxueux véhicules de fonction. Ce qu'ils étaient, en quelque sorte — destinés à assurer l'accomplissement dans le meilleur confort possible de l'un des plus importants voyages, le dernier.

Les cercueils avaient été déchargés en toute hâte au cimetière de Motala, l'un dans une allée, l'autre sur une tombe. Le jardinier les avait trouvés en prenant son service et avait averti la police de sa découverte.

Il fallait identifier les corps. Les autorités dévissèrent les couvercles des bières. Aaro Korhonen, Oskari Mättö et les policiers suédois constatèrent que les dépouilles d'Amalia Karhunen et d'Elsa Suhonen se trouvaient plutôt en bon état, malgré leurs aventures.

Ariel Auvinen assista à cet instant à une fascinante métamorphose : sous ses yeux, les deux vieilles dames se muèrent en anges. Les visages cireux d'Elsa et d'Amalia se teintèrent de rose, leurs lèvres retrouvèrent l'éclat de leur jeunesse, leurs rides s'effacèrent. De leurs corps fanés soudain comme rajeunis naquirent de merveilleuses créatures célestes. Le spectacle était magnifique, tel celui de papillons sortant de leur chrysalide, prêts à prendre leur envol. Abandonnant leurs dépouilles terrestres dans leurs cercueils, les deux femmes se levèrent, déployant au soleil leurs plumes d'un blanc éclatant. Stupéfaites du changement, elles se regardaient et s'étonnaient de cette nouvelle vie. Bientôt, elles essayèrent leurs immenses ailes et, sous la conduite de l'ange gardien Ariel Auvinen, s'envolèrent vers leur pays natal.

Les corps furent transportés en camion jusqu'au port de Stockholm. Les techniciens de la police suédoise avaient terminé l'examen du Volvo et du Mercedes, Aaro et Oskari purent y charger à nouveau les cercueils et embarquer sur le pont-garage d'un ferry.

Toujours galant, Ariel Auvinen se proposa pour piloter Amalia Karhunen et Elsa Suhonen dans leur traversée de la Baltique et jusqu'à Keikyä, où elles devaient assister à leurs propres funérailles.

Ils survolèrent Stockholm, Åland et la mer de l'Archipel. Le temps était magnifique, les vagues se crêtaient d'écume blanche, des phoques somnolaient sur les îlots et quelques voiliers louvoyaient dans les chenaux. Ariel Auvinen fendait l'azur, veillant à ce que les deux dames, pour leur premier vol, le suivent en toute sécurité. Céleste bonheur ! Le cœur de l'ange gardien s'emplit d'une telle joie paternelle qu'il se prit à déclamer quelques-uns des plus beaux vers du chant VIII du *Kalevala*, où le vieux Väinämöinen cherche femme. La belle jeune fille de Pohjola, fleur de la terre, perle des flots, était assise sur l'arc-en-ciel, juchée sur le pont des airs.

Sous ces auspices, Elsa et Amalia arrivèrent à Keikyä avant leurs corps. Comme elles avaient du temps devant elles, Ariel Auvinen décida de leur apprendre à mieux se servir de leurs ailes. Il était expert en navigation aérienne et, plus généralement, amateur de grandes envolées. Il organisa donc un cours de perfectionnement pour les deux débutantes, afin de leur enseigner les secrets du vol plané, de la rythmique des battements d'aile, des piqués et de la sieste dans les courants aériens. Amalia et Elsa pouffaient, hésitantes et effrayées, à leur âge, à l'idée de s'élever jusqu'à l'altitude suggérée par Ariel. Au fil des heures, elles gagnèrent cependant en assurance. Elles retrouvèrent le souvenir de leurs jeunes années, quand elles étaient parties en Allemagne, sur un coup de tête, sous prétexte d'y faire des études. Faute d'argent, elles avaient cependant dû travailler au pair et avaient vite épousé des Allemands. Finie la liberté de leur jeunesse ! Elles avaient mené à l'étranger une vie de femme au foyer, littéralement entre poings et fourneaux. Mais leurs maris étaient morts depuis belle lurette, Dieu merci.

Dans l'après-midi, Ariel Auvinen organisa pour clore la séance un meeting aérien privé devant l'église de Keikyä. Il s'éleva dans le ciel avec l'aisance d'un albatros. À trois mille mètres d'altitude, il replia ses puissantes ailes et plongea telle un météore noir du haut d'un cumulus. Sur le parvis de l'église, Elsa et Amalia hurlèrent de terreur et d'admiration. Tout se serait passé à merveille si Ariel, casse-cou, n'avait pas laissé sa chute libre durer un peu trop longtemps. Au dernier instant, il déploya ses ailes afin de terminer son piqué par une élégante glissade, mais sa vitesse avait atteint un seuil critique. Dans une envolée de plumes, le héros des airs heurta le clocher de l'église de Keikyä, où il resta accroché, un peu piteux.

Amalia et Elsa l'aidèrent à descendre du clocher et lui prodiguèrent quelques soins. Elles y avaient été habituées pendant leur mariage. Ayant repris ses esprits, leur instructeur de vol leur dévoila que la collision faisait partie du spectacle. Le clou d'un meeting aérien devait être suffisamment audacieux pour que le public ait ce qu'il désirait au plus profond de lui-même : la magie de la voltige, un instant de terreur, un suspense insoutenable et, pour finir, un happy end.

Sur le chemin du retour, entre Turku et Helsinki, Aaro Korhonen et Oskari Mättö déposèrent les corps d'Amalia et d'Elsa dans leur commune natale de Keikyä, où les pompes funèbres locales les prirent en charge. Oskari leur confia la facture de Lindell pour le transport, à l'intention des héritiers. Ariel Auvinen, en parfait gentillange, remercia les deux dames pour cette belle journée et leur souhaita une joyeuse éternité.

Alors que les corbillards approchaient de Helsinki, tard dans la soirée, Aaro Korhonen reçut un message sur son téléphone portable. Il s'arrêta sur le bas-côté pour le lire : *Aaretti chéri, la rue Mechelin est en feu. Reviens vite. Viivi.*

20

L'incendie de la rue Mechelin

Jani Vottonen avait décidé de se venger de la raclée infligée par Mlle Nuutinen en mettant le feu au grenier de l'immeuble de la rue Mechelin, au moment même où Oskari et Aaro rentraient d'Allemagne avec les corps d'Elsa et d'Amalia. Il s'était muni, à la place de son habituelle bombe de peinture, d'une bouteille d'allume-feu et de bourre de coton. C'était ce qu'il utilisait quand il allait faire des barbecues sauvages et griller des saucisses avec ses potes au bord de la baie de Töölö, l'été. Il fila rue Mechelin, appuya sur quelques boutons d'interphone de l'escalier A et réussit de nouveau facilement à entrer, monta au dernier étage et pénétra par effraction dans le grenier. Ce n'était pas difficile, pour un aspirant tagueur et délinquant dont tous les copains s'entendaient à vanter les mérites. Ouvrir une serrure de sécurité n'exige que de la détermination et des ongles assez longs.

Jani huma l'odeur de renfermé du grenier. L'air était sec, excitant. Bientôt tout le bric-à-brac entassé là serait réduit en cendres ! La salope de l'étage d'en dessous cramerait par la même occasion. Ça lui apprendrait à flanquer des coups de pied au cul du king de Töölö. Heureusement, personne n'avait été témoin de l'humiliante raclée. Se faire ratatiner par une meuf l'avait mis dans une rogne noire. Il aurait dû venir avec une chaîne de tronçonneuse, histoire de lui arranger sa sale gueule, qu'elle n'ose définitivement plus se regarder dans une glace !

La bouteille d'allume-feu à la main, Jani parcourut de bout en bout le long couloir central du grenier, réfléchissant à la meilleure manière d'incendier les cagibis grillagés qui le bordaient. Pourquoi ne pas commencer par les plus proches de l'escalier et y mettre le feu un à un, en bon ordre, d'abord du côté droit puis au retour du côté gauche ? Excellente idée, et résultat final garanti.

L'ange gardien Ariel Auvinen était rentré tout droit de Keikyä à Helsinki. Il vit ce qui se préparait et tenta désespérément de s'introduire dans l'esprit de Jani afin d'empêcher le crime, mais l'incendiaire était si excité par son projet qu'il n'y avait pas de place dans son cerveau pour une seule pensée sensée. À travers les portes grillagées, il aspergea de liquide allume-feu les objets qui se trouvaient là — vêtements pendus à des cintres, jouets d'enfant, vieilles valises. Et hop, une poignée de bourre de coton enflammée et au tour du cagibi suivant ! La délicieuse chaleur des flammes ronflantes lui caressa le visage. Ça, c'était de l'action ! Cinq, six, sept cagibis s'embrasèrent comme par magie. Une épaisse fumée s'échappait par les mailles du grillage, les flammes léchaient déjà le plafond, entourées de joyeux crépitements. Jani accéléra le mouvement, il devait faire vite s'il voulait avoir le temps de mettre le feu à tout le grenier. Mais pas de panique ! Quinze cagibis flambaient déjà, il était arrivé au bout du couloir. Demi-tour pour s'occuper du côté gauche.

La chaleur se faisait suffocante, mais ce n'était pas le moment de casser les vitres des fenêtres du fond du grenier, quelqu'un aurait pu voir de la rue que l'immeuble était en feu et appeler les pompiers. Ç'aurait été dommage, et la police n'aurait pas manqué de venir fourrer son nez dans les causes du sinistre. Il devait rester calme et déterminé, malgré la fumée qui lui piquait les yeux et la sueur qui dégoulinait sous son T-shirt. Un Finlandais n'abandonne pas facilement. Rock, cul et vodka.

Il restait la seconde rangée. Jani aspergea la bourre de coton de liquide, l'alluma et la fit passer à travers les mailles du grillage. Il s'y brûla les doigts. Il n'y voyait plus rien, il y avait de la fumée partout, beau travail ! Ce n'était pas le moment de flancher : il n'y en a pas beaucoup pour oser, c'est la guerre, je suis un homme libre et je fais ce que je veux, tu ne peux pas comprendre, Sari, ma salope, ni Eikka, ni maman, vous allez voir ce que vous allez voir, putain ! Et Jani Vottonen poursuivit à tâtons son œuvre d'incendiaire.

Constatant qu'il n'avait plus aucune prise sur son esprit, Ariel Auvinen se résolut à appeler les soldats du feu à la rescousse. Il vola à tire-d'aile jusqu'à la caserne de Kallio afin d'attirer l'attention des pompiers présents, qui faisaient la pause. Le malheureux ange gardien était si choqué qu'il commit une nouvelle boulette, oubliant de préciser à ceux qu'il alertait que l'incendie faisait rage du côté du cimetière de Hietaniemi, et non vers Töölö. Les pompiers perdirent près d'une heure car, s'ils se mirent aussitôt en route, ils se dirigèrent vers l'extrémité nord de la longue rue Mechelin, où ils cherchèrent en vain le lieu du sinistre. Le feu eut ainsi le temps de ravager le grenier.

Pendant ce temps, Jani Vottonen, épuisé par l'air brûlant et l'épaisse fumée, était tombé à terre et rampait tel un ivrogne en plein delirium. Il pleurait et vomissait, tentant, paniqué, de trouver la sortie, mais un mur de flammes grondant se dressait entre lui et l'escalier. Il n'avait plus qu'une idée en tête : échapper au brasier, et tant pis s'il tombait entre les griffes de la police. Il rebroussa chemin à quatre pattes, mais se perdit en route et s'effondra pour finir sur le sol de béton froid. La chaleur fit exploser les vitres, un vent torride balaya le grenier, mais il était trop tard pour l'incendiaire, qui tomba dans les pommes avant de passer de vie à trépas. Droit des flammes du grenier à celles de l'enfer !

Aaro Korhonen appela Oskari Mättö sur son portable pour lui annoncer la nouvelle de l'incendie. Les deux hommes, qui roulaient encore dans leurs deux breaks noirs sur l'autoroute Turku-Helsinki, écrasèrent le champignon. En arrivant en ville, ils durent ralentir, mais furent vite rue Mechelin. Ils virent déjà de loin, en arrivant par le nord, qu'il s'agissait d'un sinistre de grande envergure, à en juger par le nombre de voitures de pompiers et l'énorme quantité de fumée. La rue était coupée à deux cents mètres environ de la Bouquinerie-Salon de thé d'Aaretti. Les deux amis bifurquèrent vers le cimetière de Hietaniemi, où ils laissèrent leurs corbillards pour courir sur le lieu de l'incendie.

Il y avait dans la rue seize véhicules de secours, une grande échelle et des dizaines de soldats du feu, entourés d'une foule de curieux. Le soir était tombé, l'incendie éclairait tout le quartier. La toiture du 15, rue Mechelin était en feu, d'immenses flammes s'élevaient dans l'obscurité. C'était un spectacle d'une funeste beauté. Au-dessus du brasier voletait un ange gardien affolé, qu'aucun mortel ne pouvait bien sûr voir. Il s'en fallut de peu qu'Ariel Auvinen ne se brûle les ailes, tellement les colonnes de feu montaient haut dans le ciel. Le toit de tôle s'était effondré et les tourbillons brûlants projetaient ses débris loin dans la rue. La police ordonna à la foule de reculer, pour sa propre sécurité, et isola avec du ruban jaune un vaste périmètre autour de l'immeuble afin de laisser aux pompiers la place d'intervenir. On évacuait des habitants à demi habillés vers des autocars réquisitionnés en hâte. L'ange gardien malchanceux avait de nouveau réussi à provoquer une belle catastrophe.

Quand Aaro eut expliqué aux policiers qu'il était le gestionnaire de l'immeuble en feu et voulait aider à sauver ses occupants, ils l'autorisèrent à pénétrer dans la zone interdite. Ils laissèrent aussi passer Oskari Mättö, dont les muscles pouvaient s'avérer utiles, mais interdirent aux deux hommes de participer aux opérations d'extinction proprement dites et leur recommandèrent de faire attention aux objets en feu qui tombaient de-ci, de-là. Quelqu'un leur apporta des casques de pompier, et ils commencèrent par jeter un coup d'œil dans la bouquinerie-salon de thé, où ils trouvèrent Viivi Ruokonen. Elle se jeta en pleurant au cou d'Aaro. Elle tenait à la main un seau en plastique plein d'eau, au cas où les flammes atteindraient le rez-de-chaussée. Elle avait l'intention de se battre contre le feu jusqu'au dernier seau d'eau.

Ils montèrent ensuite voir l'appartement d'Aaro. L'ascenseur ne fonctionnait bien sûr pas, on en avait interdit l'accès, et ils grimpèrent quatre à quatre par l'escalier jusqu'au dernier étage. Avant même d'arriver, ils entendirent une voix féminine protester fermement.

« Je ne partirai pas de chez moi ! »

C'était Mlle Nuutinen, que les pompiers et les policiers tentaient de persuader d'évacuer les lieux. Elle s'y opposait farouchement, elle ne s'était pas installée là pour abandonner à l'ennemi, au premier incendie venu, cette position conquise de haute lutte. Mais quand elle vit les deux amis, elle cessa toute résistance. Elle saisit le sac qu'elle avait préparé et accepta de quitter l'appartement dont l'atmosphère était devenue suffocante, non sans avoir enlacé et embrassé Aaro. Ce dernier jeta un rapide coup d'œil à l'intérieur. Tout semblait intact, si ce n'est qu'il traînait ici et là des affaires personnelles de l'institutrice. L'air était brûlant, irrespirable. L'incendie qui faisait rage au-dessus, dans les combles, risquait à tout moment de s'étendre et de détruire l'immeuble entier. Il était grand temps de sortir de là et de regagner la rue. Avant cela, Aaro fit avec ses clefs de gestionnaire le tour des logements, à tous les étages, afin de vérifier qu'aucun occupant, homme ou bête, ne s'y trouvait plus. Avec Oskari, ils portèrent dehors une tortue et deux chatons, qu'ils confièrent à Viivi Ruokonen et Ritva Nuutinen, et partirent contrôler la situation dans les escaliers B et C. Dans un appartement, ils trouvèrent un pauvre vieux à moitié sourd, profondément endormi sur ses vieilles revues pornos. Ils le conduisirent à l'autocar qui attendait dans la rue, auprès de bienveillantes vieilles dames encore sous le choc.

L'ange gardien Ariel Auvinen pria Dieu de lui pardonner toutes les bévues qu'ils avaient récemment commises. Au fond de lui, il sentait que le Seigneur ne serait peut-être pas d'humeur très miséricordieuse.

21

L'ange du désastre plane au-dessus du brasier

Désolation des désolations !

Toute la nuit, les pompiers luttèrent contre le gigantesque incendie. Ils parvinrent, au prix d'immenses efforts, à sauver les étages d'habitation de l'immeuble, mais rien du grenier ni de la toiture. Ils en étaient aux opérations de déblaiement quand une sorte d'épouvantail à moineaux au visage grêlé et aux allures d'assassin s'approcha du lieu du sinistre. Mal peigné, des bottes à la hussarde, un couteau de chasse à la ceinture. Son haleine sentait le fromage pourri. Il s'arrêta sur le trottoir d'en face et contempla avec satisfaction les dégâts causés par l'incendie. C'était un démon patenté.

Il ne s'agissait cependant pas du prince des ténèbres en personne, mais d'un vieux filou et assassin multirécidiviste, Rauno Launonen. Il avait commencé sa carrière de criminel peu après la Seconde Guerre mondiale et avait à son actif au moins trois meurtres, plusieurs vols à main armée et bon nombre d'escroqueries. Il était originaire de Laune, dans les faubourgs de Lahti, en Finlande centrale, où il avait semé la terreur jusqu'à sa mort en prison à la fin des années cinquante. Launonen était considéré comme l'une des plus redoutables fripouilles de son temps. Il était intelligent et capable, au besoin, de se comporter avec élégance. Il avait fait quelques études, au moins jusqu'au baccalauréat. Il était rusé, mais impitoyable. Rien d'étonnant à ce qu'il soit devenu après sa mort démon à plein temps. Si le ciel grouille d'anges, les troupes de l'enfer ne sont pas moins nombreuses. Et Launonen était donc venu observer l'incendie criminel de la rue Mechelin. Satan lui avait donné pour mission de détruire l'ange gardien Ariel Auvinen. Le professeur de religion ailé constituait une sérieuse menace pour les forces du mal. Du moins le craignait-on, et à raison.

Mlle Nuutinen passa le reste de la nuit à l'hôtel Helka, Aaro Korhonen chez Viivi. Ils allèrent dès le lendemain matin constater l'étendue des dégâts. Le grenier avait disparu, des restes calcinés s'accrochaient aux murs du dernier étage. Aaro appela une entreprise en bâtiment et demanda qu'on lui envoie quelques couvreurs afin de protéger le dernier étage de la pluie. Plus tard dans la journée, il engagea un architecte et un ingénieur pour établir des plans et des calculs de résistance en vue de la construction d'une nouvelle toiture. Le conseil d'administration de la SAI tint une réunion extraordinaire afin de discuter des travaux à entreprendre.

La dépouille carbonisée de Jani Vottonen fut envoyée à l'institut d'anatomopathologie. Inutile de faire une autopsie. Plus rien ne permettait d'identifier l'incendiaire. Aucune cérémonie du souvenir n'accompagna le cadavre anonyme du triste tagueur. Même l'ange Gabriel, alias le caporal-chef Kalle Määttä, s'abstint de faire toute une histoire de sa mort. Il était sûrement déjà à bon port en enfer.

Le feu n'avait pas atteint les étages d'habitation. La fumée avait laissé des traces dans l'escalier, mais l'eau des lances de pompiers n'y avait pas coulé. Au bout du compte, le violent incendie avait fait étonnamment peu de dégâts.

Viivi reprit son travail dans la bouquinerie-salon de thé. Une foule de clients se pressait, le lieu de l'incendie attirait les curieux et, comme l'établissement se trouvait en son cœur, les visiteurs ne manquaient pas. Les livres se vendaient par dizaines.

Mlle Nuutinen annonça qu'elle allait passer quelques jours chez elle à Lieksa. Aaro lui suggéra timidement de remporter toutes ses affaires et de rester là-bas, car on n'avait pas vraiment besoin d'elle à la bouquinerie-salon de thé. Sans en tenir aucun compte, elle promit qu'elle serait de retour rue Mechelin dès que l'odeur de fumée se serait dissipée.

Pour l'ange gardien Ariel Auvinen, c'était l'occasion ou jamais : une fois Mlle Nuutinen à Lieksa, il parviendrait peut-être à l'empêcher de revenir à Helsinki et à corriger ainsi son erreur. L'ange Gabriel serait sûrement heureux d'apprendre qu'il avait réexpédié la gêneuse là où il était allé la chercher, au grand dam d'Aaro Korhonen.

Rauno Launonen aurait lui aussi volontiers fait le voyage pour observer la suite des événements. Mais les démons ne savent pas voler, et il jugea donc plus sage de rester dans la capitale pour espionner Aaro et ses amis.

À Lieksa, Ariel Auvinen tenta de diverses manières d'emplir le cœur de Ritva Nuutinen d'un profond amour pour sa région natale : il fit surgir dans son subconscient toutes les beautés de la Carélie du Nord, le merveilleux lac Pielinen, le vert tendre des bois de bouleaux, les forêts de pins à l'écorce rouge. La nature finlandaise est un enchantement, surtout par rapport à la froideur de la capitale. Mais le fait est que les campagnes se vident, faute d'emplois, et aussi d'hommes de qualité. Ce n'était pas un bon à rien imbibé de bière qui allait retenir éternellement à Lieksa une femme telle que Ritva Nuutinen, éprise de vertu et de nobles valeurs. Le pouvoir de séduction d'Aaro Korhonen, en revanche, agissait à ce point sur elle qu'elle n'envisageait pas un instant de rester en Carélie, aussi magnifique que soit la région, surtout en cette délicieuse période de l'année.

Une semaine plus tard, à Helsinki, les travaux de reconstruction des combles détruits par l'incendie commencèrent rue Mechelin. Le gestionnaire Aaro Korhonen avait pris les choses en main, trouvé dans les archives d'anciens plans de l'immeuble que l'architecte avait modernisés, obtenu grâce à cela un permis de construire pour une nouvelle toiture, choisi un entrepreneur et réglé tous les autres détails relatifs au chantier. Quand Mlle Nuutinen apprit que tout rentrait peu à peu dans l'ordre, elle décida de reprendre le chemin de la capitale.

Ariel Auvinen était cependant résolu à l'en empêcher. L'ange Gabriel ne verrait pas d'un bon œil que Ritva

Nuutinen vienne à nouveau semer la pagaille dans la vie d'Aaro. Celui-ci n'avait vraiment aucun besoin de deux femmes dans ses pattes, c'était un principe sur lequel Ariel n'entendait pas transiger.

L'ange gardien cherchait désespérément un moyen d'obliger l'institutrice à rester chez elle. Et s'il lui trouvait un bon mari ? En s'entichant de quelqu'un d'autre, peut-être oublierait-elle Aaro. Mais après avoir parcouru les rues de Lieksa, il en vint à la conclusion qu'il n'était pas si facile de trouver l'homme idéal. En soi, il n'y avait rien à redire aux Caréliens du Nord, mais il n'y avait pas non plus de quoi pavoiser. La plupart étaient des ploucs, courts sur pattes, puant la sueur, couverts de pellicules, et beaucoup étaient soûls du matin au soir. Sans compter qu'ils étaient en majorité mariés et n'envisageaient pas de changer de femme.

Ariel Auvinen abandonna l'idée de trouver un candidat susceptible de freiner les ardeurs de Mlle Nuutinen. Il se résolut, à défaut, à faire tomber malade l'un des membres de sa famille, ce qui l'obligerait à rester à Lieksa afin de prendre soin de lui. L'institutrice n'avait hélas pas de proches parents en mauvaise santé. L'ange gardien trouva quand même un vieil oncle, Uolevi, qu'il envoya pêcher sur le lac Pielinen. Avant cela, il incita ce brave homme en général plutôt sobre à s'arrêter dans un bar pour écluser quelques chopes de bière. Ce fut facile, même Senni Kärväinen, qui n'avait pas bu une goutte d'alcool de toute sa vie, avait cédé à ses sollicitations. Uolevi Nuutinen déclara à ses copains qu'il allait se donner un peu de cœur au ventre avant d'aller poser ses filets au milieu du Pielinen. La pêche pourrait être meilleure avec un peu de vent dans les voiles, blagua-t-il.

Sur le lac où soufflait un vent froid, le malheureux oncle, après avoir ainsi bu plusieurs pintes, fut pris d'un besoin pressant, comme Ariel l'avait prévu. Il se mit debout dans sa barque secouée par les vagues et ouvrit sa braguette. Il se demanda lui-même ce qu'il faisait là, lui d'habitude si prudent, à tituber aussi près du plat-bord. Ce qui devait arriver arriva, l'embarcation chavira et il tomba à l'eau. En barbotant jusqu'à la berge dans le lac balayé par les vents, le pantalon sur les chevilles, il prit froid. Mais le vieux était solide et ne s'alita pas, malgré la grippe qu'il avait attrapée, et se plaignit encore moins de son état à sa famille. Mlle Nuutinen ne sut même pas que son oncle, brûlant de fièvre, oscillait entre la vie et la mort dans sa maison en périphérie de la ville.

Ariel Auvinen, à bout d'idées, prit contact avec le directeur de l'école de Mlle Nuutinen. Ce dernier lui téléphona afin de lui suggérer de suspendre pour quelques semaines ses vacances d'été. Il avait besoin d'aide pour élaborer les nouveaux emplois du temps, et aussi pour planifier la rénovation du système d'aération. Mais Ritva Nuutinen refusa l'offre, faisant valoir qu'elle songeait à s'installer définitivement dans la capitale. Elle en avait assez d'éduquer des gamins indisciplinés et avait de toute façon l'intention de prendre une année sabbatique, au poste de directrice d'un magasin d'antiquités.

22

Sautes de vent à la Saint-Jean

Uolevi Nuutinen était tombé de sa barque dans le lac Pielinen la veille de la Saint-Jean. Au même moment, à Helsinki, dans la Bouquinerie-Salon de thé d'Aaretti, on se préparait à célébrer dignement la plus grande fête de l'été. Viivi Ruokonen avait confectionné des sandwiches. Oskari Mättö était parti acheter une caisse de bière et quelques bouteilles de vin. Aaro Korhonen chargea toutes ces provisions dans le corbillard de Lindell afin de les transporter jusqu'au port de plaisance de Hietalahti où les attendait le bateau du père de Viivi. Aaro avait loué un petit chalet à Rääveliholma, dans une île de l'archipel de Suvi, au large d'Espoo, où avaient jadis séjourné des chasseurs de phoques estoniens. Il s'était un moment demandé s'il fallait informer Mlle Nuutinen de la fête qui allait s'y tenir, mais Viivi l'avait jugé inutile. Que la vieille chouette s'en donne à cœur joie à Lieksa, pour sa part, elle ne voulait pas de cette gêneuse dans le même chalet qu'elle pour le plus beau jour de l'été. Oskari avait renchéri, il n'y avait pas, à son avis, de place pour plus de trois personnes, déjà que l'un d'eux devrait dormir par terre.

Une fois les provisions et autres bagages embarqués à bord du petit bateau à moteur du père de Viivi, Aaro alla remiser le corbillard dans le garage des Pompes funèbres Lindell, au nord de Töölö, et revint en taxi au port, où Oskari et Viivi avaient mis le moteur en marche et examinaient une carte marine. Le démon Rauno Launonen était là, lui aussi, depuis déjà un bon moment, installé à la proue à côté de la glacière et du panier à provisions, attentif à rester invisible.

C'était un beau soir d'été, mais il ventait frais. Les trois amis décidèrent de filer d'abord vers le large, puis de suivre le rail côtier de Lauttasaari jusqu'à Espoo et, de là, de naviguer à l'abri des îles jusqu'au chalet de Rääveliholma. Tous en étaient d'accord, la fête de la Saint-Jean s'annonçait joyeuse.

L'ange gardien Ariel Auvinen était provisoirement revenu de Lieksa, où l'on n'avait pas forcément besoin de lui dans l'immédiat, afin de protéger pour changer Aaro Korhonen et ses amis. Il volait au-dessus du bateau, admirant le paysage maritime. Que le monde créé par Dieu était beau, songea-t-il, tout en regrettant d'être mort — par un temps pareil, à la Saint-Jean, il aurait bien aimé être vivant, et aussi un peu plus jeune, et doté d'un physique et d'un caractère qui lui auraient permis de séduire une jolie fille. Enfin, son état d'ange avait aussi ses bons côtés. Il n'éprouvait ni faim ni encombrants désirs sexuels. Il pouvait se concentrer sur la contemplation de la nature et la surveillance de son protégé et de ses compagnons. Ariel Auvinen s'était promis d'être particulièrement attentif, car la Saint-Jean était propice à toutes sortes d'accidents. Il repensa à l'incident survenu sur le lac Pielinen. Uolevi Nuutinen était sûrement en train d'attraper une bonne grippe. Dommage, mais il fallait bien retenir sa nièce à Lieksa. L'ange faisait confiance à la bonne volonté et à la piété familiale de Ritva Nuutinen. Elle resterait sûrement en Carélie du Nord pour soigner son oncle dès qu'elle saurait qu'il avait pris froid en tombant à l'eau. Du moins l'espérait-il.

Le chalet était vraiment petit, mais accueillant, et, comme il faisait beau et chaud, les trois amis décidèrent de fêter la Saint-Jean sur la véranda. Les hommes déchargèrent les provisions du bateau et entreprirent de ramasser du bois échoué sur la grève, ainsi que des branches mortes, dans la forêt voisine, afin d'échafauder un bûcher. Pendant ce temps, Viivi dressa la table et mit la bière au réfrigérateur. Puis Aaro et Oskari portèrent quelques seaux d'eau de mer dans le sauna afin d'en remplir la cuve. Viivi fit les lits. Le vent apportait de la base de loisirs municipale de l'île voisine des chants de femmes et des notes d'accordéon. À cette heure, aucun ivrogne ne braillait encore à pleins poumons. L'ambiance était détendue. Avant de dîner, les trois amis décapsulèrent quelques bières, prirent un sauna et se baignèrent dans la mer.

Ici et là dans l'archipel, des feux s'allumaient. La brise, qui s'était un peu calmée, soufflait de l'île de Rääveliholma vers le large, et ils décidèrent donc d'allumer eux aussi leur bûcher. Oskari alla chercher un jerrican d'essence dans le bateau du père de Viivi, en utilisa deux litres pour faire prendre le feu et alla le remettre à sa place.

Ariel Auvinen contemplait avec satisfaction le bonheur de ses protégés. Lui aussi, de son vivant, avait toujours fêté la Saint-Jean de manière civilisée. Un peu de bière après le sauna et, maintenant que le feu flambait, quelques verres du vin millésimé que Viivi avait acheté aux frais d'Aaro. Le vendeur, à qui elle avait demandé ce qu'il lui conseillait pour une soirée dans l'archipel, lui avait recommandé un vin rouge argentin qui, selon lui, complotait à merveille avec le cervelas grillé sous la cendre.

Viivi avait approuvé ce choix, et elle en lut la description dans l'*Almanach du vin* dont le vendeur lui avait donné un exemplaire :

Cabernet Sauvignon Luigi Bosca 2000, Mendoza. Nez expressif, élégant et généreux, aux notes de cassis et de tabac. Bouche fruitée, complexe et raffinée. Structure équilibrée aux tanins fins et matures. Arrière-bouche salivante et d'une exceptionnelle longueur.

Oskari Mättö renchérit en sortant de son sac trois bouteilles de Sortilège du château de Rutja. Alors qu'il allait prendre livraison du corps d'un ancien mineur dans l'île de Lohjansaari où il avait passé les dernières années de sa vie, un fabricant local de vins de fruits, Siderberg, lui avait conseillé pour la Saint-Jean cette boisson enchanteresse. Celle-ci avait même fait l'objet d'un article de presse, l'année précédente. On lui en avait donné une copie avec les bouteilles :

Le Sortilège du château de Rutja est un vin de groseille d'une rare élégance. La bouche est d'une fraîcheur fruitée, sombre mais sans lourdeur. Finale gracieuse d'une belle longueur, superbe sur du gibier, mais peut aussi être bu en apéritif. Bouquet étonnamment aromatique.

Le bûcher ronflait joyeusement, des flammes ardentes montaient vers le ciel. Les trois amis levèrent leurs verres. Que la Saint-Jean était belle !

Ils regardaient la mer et écoutaient clapoter contre le ponton et les rochers les vaguelettes soulevées par une brise légère. Des dizaines de feux, petits ou grands, éclairaient le soir tombant et l'on entendait par-delà les flots un chant mélancolique. Qui a dit que les Finlandais ne savent pas faire la fête avec discrétion et délicatesse ?

Le démon commençait à trouver l'ambiance trop sirupeuse. Il descendit au bord de l'eau et, faute de mieux, détacha l'amarre du bateau du père de Viivi et l'éloigna d'un coup de pied du ponton. L'embarcation prit le large. Launonen la regarda s'éloigner de la rive en se frottant les mains. Elle était déjà loin quand Oskari Mättö s'aperçut enfin du désastre.

« Merde ! Le bateau ! »

Aaro Korhonen se déshabilla en hâte.

« C'est bien le diable si je ne le rattrape pas ! »

L'ange gardien Ariel Auvinen décida de régler le problème

à sa manière. Il fit se lever une risée contraire, si bien que le bateau échappé s'arrêta et reprit lentement le chemin du ponton. La saute de vent surprit les occupants de l'île. Mais pas de panique. Aaro se rhabilla. Ils saluèrent par des hourras le retour du fugitif au bercail. L'ange gardien en fut si enchanté qu'il fit se lever une vraie bourrasque, mais il aurait mieux fait de s'abstenir. Le bûcher qui flambait déjà gaiement s'attisa encore. Sous l'effet du vent qui soufflait maintenant de la mer, le feu se propagea à la bruyère sèche, et bientôt aussi aux meubles de jardin, puis à la balustrade de la véranda, que les flammes léchèrent avant de s'étendre au chalet lui-même.

Ariel Auvinen s'affola. Comment avait-il pu être aussi imprévoyant ? Tant pis pour le bateau, il fallait de toute urgence éteindre l'incendie. Il inversa la direction du vent et fit surgir un nuage d'orage. Des trombes d'eau se déversèrent du ciel, mais si brièvement qu'elles ne suffirent pas à étouffer les flammes. Avivé par les rafales de plus en plus violentes, le feu gagna la cabane en bois abritant les toilettes, qui s'embrasa avec l'ardeur d'un parfait bûcher de la Saint-Jean, dégageant une odeur épouvantable.

Le bateau dérivait à nouveau au large. Le chalet flambait de plus belle et, malgré l'averse qui avait trempé les alentours et les seaux d'eau puisés dans la mer et jetés sur les flammes par Aaro, Oskari et Viivi, on ne put le sauver. On entendit bientôt, venant du continent, une sirène de pompiers. Un bateau-pompe accosta dans un jaillissement d'écume. Les soldats du feu déroulèrent leur lance, mais il n'y avait plus rien à faire, il ne resta vite plus du petit bâtiment que ses fondations en béton. Le bateau du père de Viivi avait disparu dans la brume bleutée de la nuit de la Saint-Jean.

Au pied des ruines fumantes, les trois amis levèrent tristement un dernier verre. Ils devaient retourner sur le continent avec les pompiers. Rauno Launonen, debout sur le pont d'acier du bateau-pompe, regardait l'horizon, heureux. La fête avait été d'enfer !

Ariel Auvinen n'avait même plus le courage de prendre son envol. Errant, l'aile traînante, sur les rochers de la rive, il pleurait. Le spectacle du vieil ange au cœur d'or en train de sangloter était à fendre l'âme. Heureusement, Viivi, Aaro et Oskari ne pouvaient ni le voir ni l'entendre. Le monde des esprits célestes n'est accessible qu'aux morts, et non pas aux vivants.

23

Le déraillement du rapide de Carélie

Le lendemain soir, Ariel Auvinen s'était suffisamment remis de ses derniers déboires pour trouver la force de s'envoler pour Lieksa afin d'empêcher le retour de Ritva Nuutinen rue Mechelin. Mais ce n'était pas chose facile, car elle avait une bonne fois pour toutes décidé de reprendre le chemin de Helsinki, maintenant que la Saint-Jean était passée. Elle avait un travail et, de toute évidence, un mariage qui l'attendaient.

Elle fit donc une nouvelle fois sa valise, prit l'omnibus jusqu'à Joensuu et, de là, le rapide pour la capitale. Une vingtaine de très vieux adjudants, sergents et caporaux allemands, venus en Finlande raviver leurs souvenirs de la guerre de Laponie et de leurs combats sur l'axe de Kestenga, grimpèrent dans le même wagon. Les plus jeunes avaient déjà quatre-vingts ans, mais ils étaient encore verts. Mlle Nuutinen, qui parlait allemand, constata que cette brochette de vieillards décatis se rappelaient encore très bien leurs douteux exploits. Ils avaient réduit la Laponie en cendres et s'étaient emparés de prisonniers de guerre russes pour les fusiller après les avoir interrogés. L'institutrice ne put s'empêcher de faire quelques remarques à propos de ces deux épisodes aux vétérans allemands, qui répliquèrent que si la Laponie avait été détruite, c'était pour des questions de stratégie militaire, et que les descendants de leurs déloyaux frères d'armes étaient mal placés pour venir leur parler d'éthique guerrière.

Ariel Auvinen volait au-dessus du train en se demandant par quel moyen il pourrait encore amener Mlle Nuutinen à annuler son voyage. La situation semblait désespérée. Elle était assise, l'air décidé, dans un wagon de seconde classe, au milieu de vieux militaires allemands. Elle échafaudait des plans en vue de convaincre Aaro Korhonen de s'installer avec elle, loin de Viivi et de la rue Calonius. L'ange gardien en fut effaré. On pouvait de nouveau s'attendre à de sérieuses prises de bec dans la bouquinerie-salon de thé.

Le but d'Ariel n'était bien sûr pas de provoquer un grave accident. Mais le rapide arrivait à Kouvola et poursuivrait bientôt sa route vers Helsinki, il fallait faire quelque chose. Il eut une idée qui lui parut excellente : il lui suffisait de pénétrer dans l'ordinateur des chemins de fer et de s'arranger pour que le système dysfonctionne et aiguille le train sur une autre voie. Après la gare de Kouvola, le voyage ne se poursuivrait ainsi pas comme prévu vers la capitale. La locomotive foncerait joyeusement dans une autre direction, Tampere, ou pourquoi pas Oulu, peu importait. Les possibilités étaient nombreuses, à un nœud ferroviaire aussi important.

L'ange gardien mit aussitôt en œuvre son génial projet. Il

lui fut facile d'introduire dans l'ordinateur du réseau ferroviaire un virus agressif qui prit le contrôle des aiguillages et modifia leur position. Ariel Auvinen était fier de son œuvre. Dans un puissant grondement, le rapide de Carélie entra en gare et s'arrêta comme d'habitude. Des voyageurs y montèrent, mais, quand il se remit en branle, il bifurqua sur la voie de Tampere. Le conducteur de la locomotive accéléra sans s'apercevoir tout de suite qu'il s'était produit quelque chose de bizarre. Mais alors qu'il roulait déjà à plus de cent kilomètres à l'heure, il réagit soudain. Freinage d'urgence! Résultat, le dernier wagon, dans lequel se trouvaient Mlle Nuutinen et les anciens combattants, dérailla et termina sa course, fumant, dans la forêt. Plusieurs des malheureux vieillards furent blessés, deux adjudants moururent de crise cardiaque, mais l'institutrice s'en tira avec quelques contusions. Les secours entreprirent sur-le-champ de déblayer le lieu de l'accident, et les blessés furent conduits en ambulance dans les plus proches hôpitaux. On transporta les deux morts à la morgue de Lahti. Mlle Nuutinen avait une bosse à la tête et un gros bleu à la cuisse, heureusement caché par sa jupe. Boitillant dans les couloirs de l'hôpital central de Lahti, elle tenta de téléphoner à Lieksa et à Helsinki. On la menaça de lui confisquer son portable — l'utilisation d'appareils électroniques était interdite dans l'établissement. Elle sortit dans la cour et parvint à joindre Aaro Korhonen. Elle lui narra le déraillement, dont on parlerait sans doute bientôt à la radio.

À Helsinki, la situation n'était guère brillante. À la Saint-Jean, Aaro et ses amis avaient malencontreusement incendié une petite villa, dans l'archipel, et leur bateau s'était échappé. Le chantier de la toiture du 15, rue Mechelin était quant à lui encore arrêté, à cause des congés.

L'institutrice rapporta à Aaro que deux anciens combattants allemands étaient morts dans l'accident de train. Il y avait là un marché pour les Pompes funèbres Lindell, les vétérans étaient originaires de la région de Berlin, où leurs dépouilles devaient être rapatriées. Ritva Nuutinen promit de s'occuper, à Lahti, des formalités pour le transport des corps, si Oskari Mättö et Lindell faisaient de même à Helsinki. Aaro objecta qu'il n'avait pas vraiment le temps d'aller conduire jusqu'à Berlin de vieux morts allemands, mais Mlle Nuutinen menaça, à défaut, de prendre elle-même le volant. Elle avait un permis en règle et une bonne expérience de la conduite dans les rues de Lieksa. Aaro soupira et s'engagea à faire office de chauffeur de corbillard.

Au soir de leur existence, la guerre jadis perdue avait exigé des vétérans allemands au cœur fragile un ultime tribut : leur vie.

L'ange gardien planait au-dessus du lieu de l'accident, broyant du noir. Tout tournait toujours au vinaigre. Il se jura de s'investir à l'avenir plus sérieusement dans sa mission et de veiller à ce qu'il ne se produise plus de désastres.

Le démon Rauno Launonen accueillit avec joie la nouvelle du déraillement mortel. L'ange gardien Ariel Auvinen était sans conteste un terrible fléau. Un ennemi sans pareil. Son talent méritait de s'employer en enfer.

Quand il fut informé à Kerimäki des derniers exploits d'Ariel Auvinen, l'incendie et le déraillement où avaient été tués deux anciens combattants allemands et blessés une vingtaine d'autres, l'ange Gabriel, alias le caporal-chef Kalle Määttä, héros de la guerre d'Hiver, grommela :

« Ce ne sont que des broutilles au regard des grandes catastrophes mondiales… tout bateau peut faire naufrage. »

24

Traversée mouvementée vers Rostock

Viivi Ruokonen se fâcha tout rouge contre Aaro Korhonen quand elle apprit que Mlle Nuutinen avait l'intention de revenir à Helsinki, et surtout d'accompagner impudemment jusqu'à Berlin les corps des adjudants allemands morts dans le déraillement. Comment Aaretti pouvait-il ne pas voir que cette pimbêche n'était qu'une intrigante et une aventurière qui, sous des prétextes transparents, tentait de mettre la main sur la bouquinerie-salon de thé et l'appartement du dernier étage de la rue Mechelin ? Comment un homme sensé et un bon gestionnaire pouvait-il laisser cette institutrice rancie se mêler de ses affaires ?

« Ne compte pas sur moi pour faire des enfants avec un dégonflé pareil ! »

Et si Mlle Nuutinen insistait pour participer au rapatriement des dépouilles des vétérans, décréta-t-elle, elle fermerait la bouquinerie-salon de thé pour venir elle aussi à Berlin. Elle voyagerait dans le même corbillard qu'Aaretti. Oskari se débrouillerait dans l'autre fourgon avec l'institutrice et l'écœurante odeur de son parfum.

« Ce sera donc un voyage à six, deux morts, deux hommes, deux femmes, dans cet ordre, conclut Aaro Korhonen.

— C'est vrai que tu es un peu vieux pour moi, je resterai sûrement veuve... mais au moins on n'aura pas besoin de divorcer, ça nous reviendra moins cher à tous les deux », calcula Viivi.

Aaro plaida qu'accepter d'une manière ou d'une autre Mlle Nuutinen lui était apparu comme une nécessité intérieure, qu'il ne s'expliquait d'ailleurs pas.

Discuter de cette vieille chouette et de nécessités intérieures n'intéressait pas Viivi, qui préféra poursuivre sa réflexion sur leur futur mariage et sur sa fin, quand Aaretti mourrait de vieillesse.

« Je te promets que quand je serai veuve je porterai ton deuil pendant deux ans avant de me remarier. Mais tu comprends bien que les enfants auront besoin d'un père, surtout après ta mort. »

Aaro Korhonen déclara qu'un an de deuil suffirait amplement. Il n'en ferait pas un motif de dispute, en tout cas pas avant les noces.

« Sans compter que je ne t'ai même pas encore demandé ta main.

— Eh bien demande donc celle de la Nuutinen, si tu préfères. »

L'échange aurait pu durer longtemps, mais il fut interrompu par l'arrivée d'Oskari Mättö. Il annonça que l'on partirait dans quelques jours pour Berlin, Ritva Nuutinen s'était mise d'accord avec Lindell. Les corps des Allemands seraient prêts à être enlevés dès le surlendemain, les autopsies seraient alors terminées. Des cercueils de zinc attendaient déjà à Töölö, lavés et désinfectés, les vitres de leur couvercle astiquées. Une entreprise de pompes funèbres allemande prendrait les dépouilles en charge à Berlin. Le voyage se ferait aux frais de l'administration des chemins de fer. L'affaire serait juteuse, s'était félicité Lindell, car les défunts avaient aussi des assurances de voyage — ou de dernier voyage, en l'occurrence. Il faudrait dans la mesure du possible trouver un chargement de retour, pour éviter de rentrer à vide avec les deux coûteux fourgons. Mais il ne fallait pas non plus attendre indéfiniment des défunts à rapatrier, car il y avait des morts en abondance en Finlande, après la Saint-Jean, et la saison des noyades s'annonçait excellente.

« Aux beaux jours de juillet, il se noie plus de monde ici que dans tous les autres pays nordiques réunis. »

Mais chaque chose en son temps, avait insisté Lindell, il fallait enterrer les morts de la Saint-Jean avant de partir pour l'Allemagne avec les fritz par le ferry de Hanko à Rostock.

Ariel Auvinen avait eu le temps de se remettre du découragement qui l'avait saisi après le déraillement. Un accident était vite arrivé, qu'y pouvait donc un être immatériel, songeait-il, tout en se réjouissant déjà du prochain voyage en Allemagne. Il avait, à l'université, obtenu une bourse pour se rendre à Wittenberg, où Martin Luther avait jadis donné le coup d'envoi de la Réforme en s'opposant aux pots-de-vin qu'engrangeait l'Église en vendant des indulgences. Alors jeune étudiant en théologie, il avait rédigé un mémoire traitant du rapport de Luther à la nourriture et à la boisson et de ses effets sur le cours de la Réforme. Il espérait maintenant avoir l'occasion, en marge de sa mission de protection, de faire un crochet par Wittenberg afin d'y raviver de vieux souvenirs.

Le ferry *Superfast* assurait deux fois par semaine la liaison entre Hanko et Rostock. Le démon Rauno Launonen prit soin d'embarquer largement avant le départ. Il s'installa dans l'espace libre sous l'escalier menant aux restaurants, d'où il avait une excellente vue sur le hall et les deux volées de marches. L'endroit était certes moins confortable qu'une cabine, mais bien assez accueillant pour un meurtrier habitué à la prison. Et Launonen était chargé d'une importante mission qui exigeait de garder l'œil ouvert. Il devait ou anéantir définitivement Ariel Auvinen, ou le convertir en suppôt de Satan. Tâche ardue, mais plaisante. Il avait déjà, de son vivant, relevé des défis difficiles. Les trois meurtres commis de ses mains en étaient le gage sanglant.

Aaro et Oskari rangèrent leurs corbillards sur le pont-garage, juste derrière les ascenseurs. Ils se demandèrent un moment s'il était nécessaire de les arrimer. Un routier finlandais qui passait par là lança qu'il n'ancrait jamais son semi-remorque à dix roues, ça lui aurait pris une heure. Selon lui, la houle n'avait pas de prise sur le ferry, il allait si vite qu'il planait presque, fendant la crête des vagues. Il était donc inutile d'arrimer les véhicules au pont. Aaro et Oskari décidèrent malgré tout d'opter pour une sécurité maximale. Un poids lourd ne bougeait peut-être pas, même en cas de fort tangage, mais les corbillards transportaient un chargement précieux, des défunts, et mieux valait ne pas prendre de risques.

Le routier demanda qui il y avait dans les cercueils et, quand il sut que c'étaient deux adjudants allemands qui avaient combattu sur l'axe de Kestenga et en Laponie qui faisaient là leur dernier voyage, il manifesta son étonnement :

« Il y en a encore en vie ? Plus de soixante ans après la fin de la guerre ? »

Oskari répondit que ces deux-là, en tout cas, étaient morts, mais qu'il restait encore d'autres vétérans allemands.

Aaro et Oskari prirent une cabine double, mais Viivi Ruokonen et Ritva Nuutinen refusèrent d'en partager une et chacune eut donc droit à la sienne. Ils dînèrent cependant tous ensemble.

Une fois les femmes parties se coucher, Aaro et Oskari se promenèrent sur le pont en regardant la mer sur laquelle la nuit s'étendait peu à peu. Ils discutèrent de leur itinéraire et revinrent sur l'incendie de la Saint-Jean. La compagnie d'assurances n'avait pas encore rendu sa décision au sujet de l'indemnisation du sinistre, qui risquait d'être négative, car les personnes présentes au moment de l'incendie avaient consommé de l'alcool. Et on n'avait pas non plus retrouvé le bateau du père de Viivi.

L'ange gardien Ariel Auvinen écoutait leur conversation, debout près du bastingage avec ses longues ailes. L'incendie du chalet de l'île était bien sûr regrettable, mais comment Aaro pouvait-il ne pas se rendre compte qu'il ne cherchait qu'à lui venir en aide ?

Oskari Mättö fit remarquer que Mlle Nuutinen était bien sympathique. Il ne comprenait pas pourquoi Aaro ne s'entendait pas avec elle. Elle avait du chien, et son parfum était des plus raffinés.

Aaro évoqua les incidents qui avaient émaillé le printemps et le début de l'été. Il y en avait une belle liste, à commencer par la sortie de route du corbillard en Ostrobotnie. Des incendies, des commotions cérébrales, des enquêtes de police et des femmes entêtées. Juste ciel !

« On dirait que le diable en personne me poursuit », lâcha-t-il avec un lourd soupir.

C'en était trop pour l'ange gardien. La moutarde lui monta au nez. De quel droit son protégé le traitait-il de diable ? Il avait certes provoqué quelques accidents, mais ce sont des choses qui arrivent, dans ce bas monde. Il se démenait depuis des mois par pure bonté d'âme. On ne fait pas d'omelette sans casser des œufs. Un instant, Ariel Auvinen fut tenté d'abandonner le ferry à son sort, de s'envoler pour Kerimäki et d'exiger de l'ange Gabriel qu'on lui confie un protégé plus reconnaissant. Mais sa générosité reprit vite le dessus et il décida de pardonner à Aaro Korhonen. Ce n'était après tout qu'un simple mortel, imparfait et faillible, ignorant des desseins des puissances célestes. Il fallait le comprendre.

25

Tout bateau peut faire naufrage

Quand les deux hommes quittèrent le pont pour aller dormir dans leur cabine, Ariel Auvinen décida d'aller faire son travail d'ange gardien sur la passerelle de commandement. De nuit, en pleine mer, de nombreux dangers guettaient le ferry qui filait à près de vingt nœuds. Le démon Rauno Launonen, qui se tenait sur ses gardes, lui emboîta le pas.

Seul un timonier était de quart sur la passerelle, un Espagnol, comme l'armateur du *Superfast.* Le navire avait malgré tout l'anglais comme langue de commandement. Ariel Auvinen examina avec intérêt les innombrables instruments de navigation et jeta un coup d'œil au radar. On était loin sur la Baltique, conclut-il à la vue de l'image aux reflets bleutés que balayait, telle l'aiguille d'une horloge, un rayon de lumière plus clair.

Le démon entreprit d'encourager l'ange à prendre le contrôle des instruments de navigation, et même de la barre. Son but était de le pousser à provoquer une situation de grave danger, voire une catastrophe maritime. Ajouté à ses précédentes gaffes, cela ruinerait définitivement sa réputation au ciel. Il serait ensuite plus facile de le convaincre de changer de camp et de se mettre au service de Satan. L'idée était géniale, se félicita le démon.

Plutôt que de piloter lui-même le ferry, l'ange gardien s'introduisit dans l'esprit du marin et lui fit augmenter la vitesse de quelques nœuds. C'était grisant de se sentir ainsi aux commandes de l'énorme bateau naviguant sur la mer plongée dans la pénombre avec, endormis dans ses cabines, des routiers russes et finlandais, ainsi que quelques vacanciers, et, sur son pont-garage, en plus de véhicules de tourisme, des dizaines de camions et deux corbillards noirs chargés de deux cercueils de zinc contenant les corps refroidis de deux vieux militaires allemands au ventre bourré de coton, reste de l'autopsie.

Fendant fièrement les flots de son étrave, le ferry fonçait dans la nuit d'été vers le port allemand de Rostock. Ariel Auvinen eut envie de voir s'il était capable d'obtenir du timonier qu'il change de cap selon ses désirs. Il voulait juste jouer un peu avec ce géant des mers. Quand il était petit, il avait taillé dans de l'écorce de pin des bateaux qu'il faisait voguer dans des flaques d'eau. Il avait maintenant entre ses mains un gros ferry — à la mesure de son importante mission, songea-t-il. Son enfance était loin, il jouait maintenant dans la cour des grands. Avec pour meneur de jeu un ancien assassin devenu démon.

Ariel Auvinen fut lui-même surpris de sa puissance en voyant le timonier lui obéir au doigt et à l'œil. Le bateau infléchit sa course vers bâbord, puis vers tribord, exactement comme il le souhaitait. Peut-être l'Espagnol était-il une âme pieuse, il venait après tout d'un pays catholique dont la population était très croyante. C'était un terrain propice aux manipulations célestes. Le démon accueillit ces pensées de l'ange avec un petit rire cynique.

Le vieil homme s'amusait comme un gamin. Le ferry virait tantôt à tribord, tantôt à bâbord. Sa vitesse était absolument insensée. Rauno Launonen, terrifié, commençait à regretter d'avoir poussé Ariel Auvinen trop loin. Il avait beau être un assassin, et avoir passé l'arme à gauche depuis belle lurette, il craignait pour sa vie. Les tueurs sont des êtres sensibles, les démons encore plus.

Ariel prenait un plaisir immense à ce terrible jeu nautique. Il oublia totalement son rôle d'ange gardien pour se concentrer sur les zigzags du bateau. Les diesels du *Superfast* grondaient, pistons rougeoyants, et par moments, en virant brutalement de bord, il gîtait dangereusement. Par les fenêtres de la passerelle, le timonier fixait d'un regard vitreux la mer obscure où clignotaient parfois les lumières d'un phare ou d'un cargo.

Les autres membres de l'équipage, qui dormaient dans leurs quartiers, furent tirés de leur lit par la course erratique du ferry. Mais il était déjà trop tard. La surchauffe des puissants diesels du *Superfast* était telle que la culasse du troisième cylindre explosa et fut projetée tel un boulet de canon au plafond de la chambre des machines. Le nombre de tours diminua d'un tiers, de la fumée s'échappait de partout, le navire cessa d'être manœuvrant. Le boucan fit enfin réagir le timonier espagnol. Ariel Auvinen, effaré par le résultat de ses actes, quitta la passerelle et s'éloigna à grands coups d'aile. Le timonier le suivit sur le pont, mais, comme il n'était pas un ange et ne savait pas voler, il prit son élan et sauta telle une panthère par-dessus le bastingage. Un faible plouf retentit dans l'obscurité quand le marin envoûté toucha les flots.

Rauno Launonen était mort de peur. C'en était trop, même pour un suppôt de Satan. Et comme les démons non plus ne savent pas voler, il grimpa sur le toit de la passerelle et plongea droit dans l'eau noire. Un sinistre floc confirma qu'un second être s'était jeté du vaisseau fantôme dans les vagues.

Le ferry poursuivait sa course folle. Ni le capitaine ensommeillé ni les autres officiers n'eurent le temps d'en reprendre le contrôle. Le *Superfast* s'était aventuré trop loin dans des eaux dangereuses. Boitant sur deux cylindres, il se dirigeait vers des hauts-fonds, à moins que ce ne soit une île, ou la côte, impossible à dire dans l'obscurité de la nuit. Toujours est-il qu'il s'échoua. Sa proue se dressa et il se coucha, à demi sur le flanc.

Tout bateau peut faire naufrage. Les amusements nautiques de l'ange gardien Ariel Auvinen s'étaient terminés par une catastrophe. L'on avait certes évité une répétition de la terrible tragédie de l'*Estonia*, mais l'on constata dans l'aube naissante que l'étrave de l'énorme ferry avait profondément labouré le sable de la plage sur laquelle il reposait, dangereusement incliné.

Les passagers avaient été évacués de leurs cabines alors qu'il faisait encore nuit, à la lumière des projecteurs du bateau. L'équipage avait aidé les femmes et les enfants à débarquer. On avait aussi largué sur la grève, à l'aide de palans, de l'eau et de la nourriture ainsi que des ballots de couvertures. Il y avait des blessés, mais pour la plupart légers. Quand le ferry avait touché le fond, sa vitesse était déjà si réduite que les passagers et l'équipage s'en tiraient avec des ecchymoses. Aaro Korhonen se tenait la tête. Il avait l'impression d'avoir encore une fois une commotion cérébrale, son crâne avait heurté la paroi de sa cabine quand le bateau s'était échoué. Mais bon, il commençait à avoir l'habitude d'être secoué.

Sur le pont-garage, les camions avaient été déplacés et projetés contre les parois. Beaucoup des lourds semi-remorques s'étaient renversés et avaient subi de graves dommages. Les corbillards de Lindell, en revanche, étaient restés fermement ancrés à leur place, même s'ils penchaient eux aussi dangereusement. Les cercueils de zinc, à l'intérieur, avaient glissé sur le côté, mais pour le reste tout semblait en ordre.

Des hélicoptères tournoyaient dans le ciel. L'un venait de Suède, les autres de Tallinn et de Turku. Le naufrage avait eu lieu dans les eaux estoniennes. Le ferry s'était ensablé sur la côte ouest de l'île de Hiiumaa, près du village de Mölkky, d'où des sauveteurs accouraient déjà. Ils apportaient du fromage et de la Viru Valge, la vodka locale. Le spectacle était impressionnant. Ce n'est pas tous les jours qu'un mastodonte de deux cents mètres de long est couché le nez dans le sable telle une énorme baleine prête à être dépecée.

Une partie des passagers, toutes les familles avec enfants et les touristes, furent conduits en hélicoptère à Tallinn, à l'hôtel ou à l'hôpital, en observation. Deux vedettes de sauvetage en mer arrivèrent dans la matinée. Les camionneurs russes et finlandais restèrent sur place pour veiller sur leurs véhicules. Viivi Ruokonen et Ritva Nuutinen auraient aussi pu être évacuées en hélicoptère vers Tallinn, mais elles avaient préféré y renoncer pour aider Aaro et Oskari à sortir de la soute les défunts et les corbillards. Ce n'était pas une mince affaire.

On embaucha aux frais des assureurs de la compagnie maritime une équipe de villageois de Mölkky afin de construire de la porte d'étrave au chemin vicinal qui serpentait le long de la côte une passerelle en planches et en madriers enjambant la plage. Mais il fallait d'abord descendre sur la terre ferme les corps des adjudants allemands. Huit hommes furent nécessaires pour déplacer les lourds cercueils de zinc. En un cortège solennel entouré d'un profond silence, des marins, Aaro et Oskari et quelques hommes du village portèrent les vétérans jusqu'à la route. L'atmosphère de deuil était renforcée par l'énorme bateau rouge et blanc qui gisait sur la grève, la porte d'étrave béante telle une gigantesque gueule. Dans ses entrailles résonnait l'écho métallique des camions que l'on tentait de remettre sur leurs roues.

L'ange gardien Ariel Auvinen voletait affolé au-dessus du lieu du désastre. Il s'était de nouveau produit un accident. Comment avait-il pu se laisser prendre au jeu au point de provoquer une telle catastrophe ? Il avait l'impression d'être persécuté par les forces du mal, ce dont les êtres célestes étaient pourtant supposés être à l'abri. Se pouvait-il qu'il soit vraiment né sous une mauvaise étoile ? Malgré toute sa bonne volonté, rien de ce qu'il entreprenait ne semblait devoir réussir. Et où ce marin espagnol avait-il disparu ?

On attendait pour le soir suivant l'arrivée de deux bateaux-grues, l'un en provenance de Kiel, en Allemagne, l'autre de Gdynia, en Pologne. Avec leur aide, on essaierait de renflouer le ferry. La coque était intacte, mais les avaries étaient malgré tout gravissimes.

Le personnel de service du *Superfast* installa pour commencer une buvette sur la plage, puis un restaurant de fortune équipé de meubles descendus du pont supérieur grâce à un palan. Les cuisines du bateau étaient trop en pente pour être utilisables et l'on alluma donc plusieurs feux de camp à la lisière de la forêt. Le forgeron du village de Mölkky fabriqua un gril de deux mètres de long sur lequel les cuisiniers firent rissoler de délicieux filets de bœuf. On servit aussi sur de grandes tables bricolées par les villageois de la charcuterie, des salades et diverses boissons.

Dans la nuit, la pleine lune se leva. Il régnait une atmosphère étrange : on entendait dans les profondeurs du navire échoué les hommes du village construire à la lumière de projecteurs une passerelle en bois pour les corbillards. Les routiers russes et finlandais travaillaient avec les palans du pont-garage à remettre un semblant d'ordre parmi les semi-remorques agglutinés sens dessus dessous. Mais c'était difficile, car le plancher était aussi pentu que le toit en bâtière d'un vieux chalet.

Toute la nuit, le bruit des sauveteurs à l'œuvre résonna sur la plage. Les hélicoptères allaient et venaient, déposant toutes sortes d'équipements de secours ainsi que des couvertures et des tentes supplémentaires.

Au petit matin, le corps du timonier espagnol s'échoua sur la grève, flottant dans l'eau sur le ventre. On ne le découvrit que quand les rescapés sortirent de sous leurs couvertures pour aller se laver dans la mer. Sous le regard navré d'Ariel Auvinen, on porta le marin noyé jusqu'à la lisière de la forêt, où on le recouvrit d'une bâche en attendant qu'un hélicoptère vienne le chercher.

Mais l'ange gardien eut bientôt d'autres soucis. Le démon avait atteint à la nage le lieu du naufrage et souhaitait lui parler. Il avait à lui faire une offre qu'il lui serait difficile de refuser.

26

L'offre tentatrice du démon

L'ange gardien Ariel Auvinen vit arriver de loin, sortant de la forêt, un homme velu habillé d'un pull-over noir mouillé et d'un pantalon à la hussarde qui regarda d'abord autour de lui d'un œil vif, puis s'assit pour se reposer sur le cercueil de zinc de l'un des anciens combattants allemands. Curieusement, son visage lui sembla familier. De toute évidence, il s'agissait du diable en personne.

Ariel Auvinen alla se poser d'un coup d'aile sur le couvercle de l'autre cercueil. Il devinait que c'était à lui que le démon voulait parler. Ils restèrent un moment face à face. Puis Ariel demanda :

« Vous êtes le diable, je présume ?

— Et vous l'ange gardien Ariel Auvinen. »

L'ange et le démon s'abstinrent de se serrer la main, ils n'éprouvaient aucune sympathie l'un pour l'autre et n'avaient guère en commun que d'être tous deux des Finlandais morts.

Rauno Launonen parcourut la scène du naufrage d'un regard approbateur.

« Vous en avez fait de belles. J'admire beaucoup votre dernière prouesse. La désolation que vous semez force le respect. »

Le démon révéla avoir suivi les agissements d'Ariel Auvinen tout au long du printemps et de l'été, autrement dit depuis qu'il avait été chargé de protéger Aaro Korhonen. Comme tout récemment encore, sur le bateau, d'où il avait été obligé de se jeter à la mer et n'avait qu'à grand-peine réussi à nager jusqu'à la côte. On était bien renseigné, dans les cercles démoniaques, sur ce qui se passait sur la terre comme au ciel. Sinon, il n'y aurait pas eu de lutte entre le bien et le mal, et le premier l'aurait emporté. Heureusement, on trouvait en enfer des espions compétents à n'en savoir que faire, et plus de volonté de nuire qu'on ne l'imaginait souvent. Mais on avait constamment besoin de nouvelles forces de destruction fiables et efficaces, et c'est pourquoi il se trouvait à Hiiumaa, loin de son lieu de résidence habituel en Terre de Feu, à l'extrême pointe de l'Amérique du Sud.

« Ce n'est pas pour rien que les Finlandais appellent cet endroit l'île du Diable, croyez-moi. Nous sommes nombreux, ici. Mais l'enfer ne se limite pas à Hiiumaa, nous avons de nombreux bastions un peu partout dans le monde. Rien qu'en Finlande, nous avons des succursales du côté du lac du Diable et des gorges de l'Enfer, par exemple. J'ai été envoyé en Terre de Feu, dans les années cinquante, parce qu'on manquait dans l'enfer local d'assassins sans scrupule. J'ai participé en sous-main aux coups d'État militaires du Chili et de l'Argentine. Ce n'est pas pour me vanter, mais on a fait du beau boulot, là-bas. »

Ariel Auvinen regardait le démon assis en face de lui. Songer aux crimes qu'il avait commis de son vivant lui faisait froid dans le dos. Mais ce fut encore pire quand Launonen entreprit de dresser la liste de ses propres hauts faits en tant qu'ange gardien.

« On se demande comment Aaro Korhonen peut encore être en vie », s'esclaffa-t-il avant d'avouer s'être délecté de bon nombre des exploits d'Ariel Auvinen. Le premier, en Ostrobotnie, avait tout de suite attiré l'attention des démons : un ange provoquant un accident de voiture au vu et au su de tous ! Avec un chargement de livres éparpillé dans les champs et un coûteux corbillard réduit à l'état d'épave.

« Et la fois où vous avez failli tuer cette innocente jeune fille, c'était vraiment génial. Dommage qu'on ait pu la soigner à l'hôpital, mais le résultat était quand même assez effrayant, bravo. »

Rauno Launonen revint aussi d'un ton caustique sur l'entrée en scène de Mlle Nuutinen et le terrible incendie de la rue Mechelin.

« Je n'aurais jamais eu l'idée d'embaucher comme homme de main ce… ce tagueur… comment s'appelait-il, déjà ?

— Jani Vottonen.

— Oui, c'est ça, Vottonen, et ce pauvre garçon y a laissé sa vie. Il est maintenant apprenti démon. »

Incapable de garder son sérieux plus longtemps, Launonen éclata d'un énorme rire en se remémorant l'un des derniers désastres :

« Et cette catastrophe ferroviaire, du vrai travail de pro ! Pardon, mais nous nous sommes dit en enfer que vous feriez un exécutant parfait pour n'importe quelle organisation terroriste.

— C'était un accident, je ne l'ai pas fait exprès», se défendit Ariel Auvinen. Le rire du démon le révoltait. Il lui lança un regard courroucé. Launonen se calma, mais ne put se retenir de le féliciter pour la fête de la Saint-Jean à Rääveliholma, avec l'incendie et le reste.

«Et votre dernier coup, quel chef-d'œuvre, un vrai triomphe planétaire! Réussir à détourner un bateau avec tout son équipage et ses passagers. Il n'y a pas beaucoup de démons, même parmi les plus chevronnés, qui soient aussi doués. Vous êtes phénoménal!

— Qu'est-ce que vous voulez? Cette conversation ne m'amuse pas.»

Le démon reprit son sérieux. D'un air candide, il regarda Ariel Auvinen dans les yeux et murmura en baissant la voix :

«On m'a chargé de vous demander si vous ne voudriez pas changer de camp. Nous apprécions hautement votre talent et nous aurions beaucoup de travail pour vous.»

L'ange gardien respira un bon coup. S'il comprenait bien, c'était une offre d'emploi.

«Vous avez parfaitement compris. Nous sommes en mesure de vous offrir une position et des avantages tels qu'aucun Finlandais ou presque n'en a jamais eus après sa mort. C'est une offre qu'il serait dommage de refuser.»

Ariel Auvinen resta interdit. Était-ce une plaisanterie, une blague grossière, ou l'ex-assassin devenu démon était-il sérieux? Si oui, cela signifiait que l'on tentait de faire de lui un traître à la patrie, ou plus exactement un traître au ciel, ce qui était encore plus terrible. Mais d'un autre côté… des avantages substantiels, un pouvoir considérable, c'était tentant, il fallait bien l'avouer… et sa situation au ciel était-elle si satisfaisante ? Il avait dès le début essuyé les remontrances de l'ange Gabriel, alors qu'il n'était qu'un vieil homme pétri de bonnes intentions.

Le démon remarqua que sa proposition donnait à réfléchir à Ariel Auvinen. Il ajouta qu'il n'exigeait pas de réponse immédiate, il avait tout son temps. Il n'était pas question de faire pression sur lui pour le pousser à saisir cette offre généreuse. Si sa réponse était négative, elle serait respectée, mais s'il acceptait de se mettre au service de l'enfer, ce serait l'occasion de réjouissances grandioses.

« Franchement, vous gâchez totalement votre extraordinaire talent à votre poste céleste actuel, alors qu'en enfer vous nous seriez très utile. Un fauteur de troubles de génie tel que vous y aurait du travail jusqu'à la fin des temps. »

27

Le grand combat de l'ange gardien

Le troisième jour après le naufrage, la passerelle de planches et de madriers menant hors de la soute du *Superfast* fut enfin terminée. Aaro Korhonen et Oskari Mättö montèrent dans les corbillards et, en retenant leur souffle, les firent lentement sortir du pont-garage en pente du ferry. Puis on y chargea les cercueils de zinc des anciens combattants allemands. Le démon Rauno Launonen se glissa dans le break d'Aaro Korhonen et s'installa à califourchon sur le cercueil. Contrairement aux anges, les démons n'ont pas d'ailes, et il n'avait donc pas d'autre choix que de voyager en compagnie du corps de l'adjudant allemand. Il avait l'intention de se faire conduire à Berlin, puis en Finlande. Ariel Auvinen l'aurait pourtant volontiers envoyé au diable. D'un autre côté, sa proposition valait sans doute la peine d'être étudiée de plus près. C'était aussi une occasion en or d'obtenir des informations sur le monde démoniaque. L'ange gardien pensait pouvoir justifier la participation de Launonen à l'expédition par le fait qu'il pourrait ainsi fournir au ciel de précieux renseignements sur les objectifs de l'échelon de direction intermédiaire des forces de l'enfer. L'ange Gabriel serait sûrement intéressé par cette prise de contact du démon, ainsi que par les négociations et autres échanges d'informations qui s'ensuivraient, se rassura-t-il. Il ne s'avouait pas à lui-même qu'il était aussi curieux d'en savoir plus sur le pouvoir démoniaque et sur tous les avantages que lui avait fait miroiter Launonen.

Tous montèrent en voiture. L'ange gardien Ariel Auvinen prit son envol. Les voyageurs jetèrent un dernier coup d'œil à la triste grève où les opérations de sauvetage se poursuivaient. Le bateau-grue polonais était arrivé et avait provisoirement mouillé à quelques encablures du ferry. On attendait encore son homologue allemand. Les corbillards et leurs passagers prirent la direction de la côte est de Hiiumaa, d'où ils franchirent par le bac le détroit séparant l'île du continent. Ils traversèrent rapidement l'Estonie et atteignirent le soir même la capitale de la Lettonie, Riga, aux abords de laquelle ils firent le plein et se restaurèrent à une station-service Neste. Le démon se faufila dehors en même temps que Viivi. C'est alors qu'Ariel Auvinen s'avisa qu'il pourrait se débarrasser de Mlle Nuutinen en faisant en sorte qu'elle et Oskari Mättö tombent amoureux l'un de l'autre. Le chauffeur de corbillard avait tenu des propos allant dans ce sens à Aaro, sur le ferry, et forcer un peu le destin ne semblait pas trop difficile.

Sans rien révéler de ses intentions au démon, l'ange gardien pénétra dans les pensées de Mlle Nuutinen et la fit regarder Oskari droit dans les yeux, puis entra en toute hâte dans le crâne de ce dernier afin qu'il réponde à son regard.

Coup de foudre immédiat ! Sous l'effet de son tic, Oskari cligna de l'œil. Tout en poursuivant sa route, le couple se mit à s'embrasser. Ce n'était pas dangereux en soi, Oskari était un chauffeur expérimenté, mais l'ange gardien se sentit un peu gêné en voyant Mlle Nuutinen lui tendre ses lèvres dans ce fourgon mortuaire où un adjudant allemand ayant incendié la Laponie faisait son dernier voyage. Enfin, on serait bientôt à Berlin, où le défunt trouverait le repos loin des amoureux.

Après la Lettonie, ils traversèrent la Lituanie, puis la Pologne. Ils poursuivirent leur route le long de la Baltique jusqu'à Rostock, où ils passèrent la nuit, et repartirent au matin vers Berlin. Le démon maudissait l'inconfort du voyage. À chaque arrêt, il devait se tenir prêt à descendre du cercueil et à sauter hors du corbillard quand Viivi ouvrait la portière, sous peine de rester enfermé on ne sait combien de temps avec le mort. Pourquoi donc les démons n'avaient-ils pas d'ailes à l'instar des anges ? L'injustice était criante. Sur quoi reposait cette discrimination ? Diables et diablotins ont plus que personne besoin d'ailes, car faire le mal est une guerre de mouvement. L'ange gardien Ariel Auvinen lui assura avec la conviction d'un vieux sage qu'il s'agissait de la volonté du créateur du ciel et de la terre, à savoir Dieu. Il avait dès l'origine coupé les ailes du mal, afin qu'il règne au moins un semblant d'équité dans ce monde.

« Balivernes. Ce n'est pas Dieu qui nous a créés, mais le diable et Satan », grommela le démon.

À Berlin, une entreprise de pompes funèbres allemande se chargea des défunts. Launonen put prendre ses aises à l'arrière du corbillard d'Aaro, mais pas pour longtemps, car Lindell avait demandé à Oskari de trouver deux Finlandais morts comme fret de retour. Il n'y en avait hélas aucun à Berlin. Il aurait fallu rester à attendre que certains de ceux qui séjournaient à l'hôpital rendent leur dernier souffle et puissent ainsi être rapatriés dans les breaks noirs de Lindell.

Le démon vit là une bonne occasion de rendre service à Ariel Auvinen et à ses protégés et de faire ainsi avancer la cause du recrutement de l'ange parmi les suppôts de Satan. Il promit de leur trouver un chargement. Et avant qu'Ariel Auvinen ait le temps de l'en empêcher, il fit tuer par l'entremise de démons inférieurs deux chasseurs finlandais qui traquaient le sanglier dans la réserve naturelle de Rudenshalm, à une centaine de kilomètres au sud-est de Berlin. Ses séides se servirent d'une ourse en colère qui étripa au total trois des membres d'un groupe international de huit personnes. Cinq parvinrent à sauver leur peau. Au départ, deux corps auraient suffi, mais l'ourse, échappant à tout contrôle, avait aussi tué un Tchèque. Mais tout est bien qui finit bien, se réjouit le démon.

Dès le lendemain matin, Lindell téléphona de Helsinki à Oskari et Aaro afin de leur apprendre la nouvelle du terrible accident survenu en Allemagne, où un ours assoiffé de sang avait tué trois chasseurs, dont deux Finlandais d'une cinquantaine d'années originaires de Karkkila. Il leur demanda de s'occuper de rapatrier les corps. Aux frais de la compagnie d'assurances.

Ils purent prendre le chemin du retour à peine trois jours plus tard, une fois l'enquête préliminaire terminée et les corps autopsiés. En attendant, ils visitèrent les monuments berlinois et remirent en état les cercueils de zinc : ils les lavèrent, les désinfectèrent, éliminèrent les traces des liquides organiques échappés des dépouilles des adjudants, astiquèrent les vitres des couvercles et vérifièrent que tout était en ordre.

Rauno Launonen, roublard, fit miroiter à Ariel Auvinen que, s'il se mettait au service de Satan, il y gagnerait la rare possibilité de rencontrer de nombreuses célébrités de l'histoire mondiale — telles que Hitler, Staline et des milliers d'autres — qui résidaient en enfer et y jouissaient d'une haute estime.

Ariel Auvinen, peu enthousiasmé par cette idée, répliqua qu'il préférait se tenir aussi loin que possible de ces illustres démons.

Rauno Launonen tenta ensuite de l'inciter à changer de camp en lui décrivant avec gourmandise les nouvelles attaques terroristes dont il pourrait diriger la planification. L'attentat du World Trade Center n'était rien en comparaison : on pourrait détruire des villes entières à l'arme chimique ou à coups de bombes nucléaires. Réduire Tokyo ou Berlin en poussière, par exemple, n'était-ce pas, pour un seul homme, une œuvre assez démoniaque pour entrer définitivement dans l'histoire des prodiges ?

Comme ces visions grandioses ne semblaient pas non plus convaincre l'ange gardien de retourner sa veste, le démon abattit enfin, à Stockholm, sa dernière carte : il pourrait aussi retrouver sa chère épouse et poursuivre son existence avec elle. Mme Auvinen était morte depuis longtemps et séjournait en enfer, comme il l'avait pressenti.

« Pensez-y : votre union perdurera au-delà de la mort dans un bonheur parfait ! Quoi de plus romantique ? »

Cette perspective donna de tels frissons à Ariel Auvinen qu'il décida de couper court aux négociations. N'était-ce pas déjà trop d'avoir dû, bon gré mal gré, partager pendant près de cinquante ans la vie d'une mégère jalouse, grincheuse et alcoolique ? D'horribles souvenirs des pénibles exigences de sa défunte femme l'envahirent. Elle n'avait cessé de le traiter derrière son dos de grossier coureur de jupons. Et fait, dans un accès de colère, courir le bruit qu'il était homosexuel. Comment un homme à femmes aurait-il pu en même temps être gay ? Elle avait aussi propagé des rumeurs d'inceste. Le soir de leurs noces, il avait eu un choc en découvrant la cellulite de son large derrière et ses seins en gants de toilette. Sans compter qu'elle puait de la gueule. Sa voix, qui portait loin, montait souvent dans les aigus, se transformant en hurlement. Avec l'âge, elle s'était mise à ronfler, sans parler de ses fuites urinaires. Et voilà que le démon lui suggérait de replonger dans ce calvaire, et en plus en enfer.

« Pas question. Le ciel est ma demeure. »

28

Ariel Auvinen est appelé à de nouvelles fonctions

De retour en Finlande, tous se retrouvèrent dans la Bouquinerie-Salon de thé d'Aaretti. Aaro entreprit aussitôt de coucher par écrit le récit de ce voyage mouvementé. Les deux femmes préparèrent des sandwiches. Oskari annonça que Ritva et lui avaient fait, en chemin, des projets de vie commune. Ils avaient l'intention d'ouvrir une entreprise de pompes funèbres à Joensuu, où il semblait y avoir beaucoup de personnes âgées au seuil de la mort. Lindell s'était déjà engagé, par téléphone, à prendre une participation dans l'affaire. Au début, Oskari ferait tourner seul la boutique, Ritva ne viendrait de Lieksa que le dimanche, pour laver les corps. Une fois l'affaire sur les rails, elle pourrait abandonner son poste d'institutrice et se consacrer entièrement à la préparation du dernier voyage des défunts.

« J'aime tellement les fleurs et les parfums délicats ! » soupira Mlle Nuutinen. Puis elle regarda Aaro, quêtant son approbation, et avoua : « C'est incroyable, à une station-service en Lettonie, avec Oskari, on a ressenti en même temps dans nos deux cœurs un étrange frisson nous disant que nous étions faits l'un pour l'autre ! Je me rappellerai toujours l'enseigne de cette station-service, Neste !

— J'ai trouvé ça bizarre, moi aussi, mais je dois bien t'avouer, Aaro, que je suis complètement fou d'elle, depuis. »

Oskari bafouilla un peu en disant cela, mais l'atmosphère se détendit quand Aaro lui tendit la main et les félicita. Viivi leur demanda quand ils comptaient se marier.

« Pas cette année, en tout cas, il faut d'abord que les affaires commencent à rouler, on verra après, dit Oskari.

— Pas question de se présenter devant le pasteur avant d'avoir traité au moins cinquante morts, confirma Mlle Nuutinen.

— Notre objectif est de cent défunts par an, le chiffre n'est pas déraisonnable, dans la zone économique de Joensuu, déclara Oskari Mättö, plein d'espoir. Mais dans ce métier, il faut savoir raison garder, on ne sait jamais quand les gens vont mourir, ou même s'ils mourront un jour, en tant que clients de notre entreprise, je veux dire. »

Viivi fit passer les sandwiches et Ritva servit le thé. L'ambiance était chaleureuse, et l'ange gardien Ariel Auvinen, surtout, était heureux et soulagé de voir les choses s'arranger. Il s'inquiétait pourtant, au fond de lui, de ce que l'ange Gabriel penserait du naufrage du *Superfast*. Le ferry avait subi de graves avaries et il y avait eu des morts. Mais au bout du compte, tous les humains sont mortels. Il entretenait encore l'espoir que l'ange Gabriel, alias le caporal-chef Kalle Määttä, ne soit pas encore au courant de ses dernières interventions au service du ciel.

On savait pourtant parfaitement, à Kerimäki, en quel lieu se trouvait Ariel Auvinen et ce qu'il avait fait. Le lendemain matin, l'ange Gabriel vola de ses propres ailes jusqu'à la rue Mechelin afin de s'entretenir en tête à tête avec lui. Le moment était de nouveau venu de discuter d'homme à homme, d'ange à ange. Le vieux professeur de religion fut saisi de frayeur. Était-ce la fin de sa carrière céleste ? Inutile de le nier, sa mission de protection n'avait pas toujours été à cent pour cent couronnée de succès. À dire vrai, beaucoup de ses initiatives avaient foiré, mais c'était un terme qu'il se refusait à utiliser dans un contexte aussi officiel, même s'il n'en pensait pas moins.

Määttä et Auvinen allèrent bavarder dans le cimetière de Hietaniemi, où ils se posèrent sur la sépulture d'Urho Kekkonen. La pierre tombale de l'ancien président faisait un banc confortable, largement assez grand pour deux anges.

Les craintes d'Ariel Auvinen étaient vaines. L'ange Gabriel lissa les plumes de ses ailes ébouriffées par son long voyage et commença :

« Tu as soutenu un grand combat contre le démon, Ariel, et tu en es sorti vainqueur. Je te félicite. »

Il fallait se rappeler, ajouta-t-il, que, dans la lutte entre le bien et le mal, tout ne se passait pas toujours aussi bien qu'on aurait pu l'espérer. Ni sur la terre ni au ciel. La vie était ainsi faite.

« J'ai fait de mon mieux », marmonna Ariel Auvinen, soulagé d'un grand poids.

L'entretien ne s'annonçait pas trop pénible. Le vieil homme se rasséréna. À plus de quatre-vingts ans, il n'était pas prêt à supporter d'incessants revers. C'était au-dessus de ses forces.

À Kerimäki, on avait décidé de confier à Ariel Auvinen de nouvelles responsabilités plus exigeantes. Au cours de sa période d'essai, il avait démontré sa ténacité et son imagination, sa longue expérience des choses de la vie et avant tout sa puissance d'action. C'était exactement le genre de qualités que l'on recherchait au ciel. Ariel serait nommé directeur de la protection céleste, avec pour mission de veiller sur tous les Finlandais. Il aurait sous ses ordres un millier d'anges qu'il devrait former et à qui il assignerait des protégés. Il n'aurait cependant pas besoin d'intervenir lui-même sur le terrain, si tant est que l'on puisse utiliser ce terme pour désigner les sphères célestes.

« Mon fils, tu t'es montré aussi fort que notre Seigneur Jésus-Christ quand le prince des ténèbres l'a tenté sur la montagne. Jésus a résisté, tout comme toi. C'est noble et beau. Le bien triomphe toujours du mal, aussi séductrices que soient les offres du démon. Tu es au bout du compte un homme d'une grande bonté, et un ange admirable. »

Plongé dans ses pensées, Rauno Launonen, le malchanceux recruteur de Satan, passa devant la tombe de Kekkonen. Il n'était pas beau à voir. Le pauvre diable avait l'air dépité. De jeunes écureuils grimpaient à son pantalon à la hussarde. Les animaux ont des yeux plus perçants que les humains, ou en tout cas plus de flair. Rauno Launonen sortit de ses poches de la merde du diable, bon vieux remède d'herboriste, et en saupoudra l'allée. Les écureuils lassés des cacahuètes s'en régalèrent.

Les anges saluèrent le démon, qui s'arrêta étonné devant la pierre tombale de l'ancien président.

« Viens travailler chez nous, lâcha charitablement Määttä.

— Ça me ferait sûrement du bien, mais ce n'est pas dans ma nature. »

Le triste démon s'éloigna d'un pas traînant, suivi par des écureuils joueurs, vers la partie ancienne du cimetière. Il pleurait amèrement, déversant en sanglots le mal qui l'habitait.

Mais bientôt un couple familier apparut dans l'allée : Viivi Ruokonen et Aaro Korhonen.

Ils marchaient bras dessus, bras dessous. Aaro expliquait avec enthousiasme à Viivi que la jeune fille qui l'avait renversé par accident rue Mechelin allait venir travailler à la bouquinerie. À moins qu'elle ne préfère lui laisser le salon de thé pour s'occuper des vieux livres ?

Viivi lui sauta au cou.

« Je suis raide dingue de toi. »

De sa voix chevrotante de vieux professeur de religion, Ariel Auvinen proclama :

« Paix sur la terre et au ciel aux hommes et aux anges de bonne volonté. »

L'ange Gabriel, alias le caporal-chef Kalle Määttä, tué pendant la guerre d'Hiver, conclut sobrement :

« On a aussi besoin de force brute, pour tenir le diable en respect. »

29

Coup de pouce au diable

Le caporal-chef Määttä s'envola pour Kerimäki. Ariel Auvinen se chercha un gîte pour la nuit dans le cimetière de Hietaniemi. Il s'installa au sommet de l'immense croix surplombant la tombe du maréchal Mannerheim, qui ferait l'affaire au moins pour cette fois. En tant qu'officier du grade de sous-lieutenant, il pensait pouvoir s'autoriser ce sans-gêne.

Il s'assit sur le bras de la croix. Ses ailes touchaient presque le sol. Une bonne nuit de sommeil serait la bienvenue après ses bonnes actions de la journée. Mais le démon vint à nouveau troubler la paix du cimetière. L'assassin multirécidiviste Rauno Launonen arpentait les allées, le dos voûté, la mine amère. Quand il vit l'ange prêt à s'assoupir sur la croix, il se précipita, tout heureux, pour bavarder. Son problème était qu'il aurait déjà dû être en Afrique, et plus précisément dans les îles du Cap-Vert, d'où un cargo japonais devait appareiller pour le Brésil. De là, il ne lui serait pas trop difficile de gagner la Terre de Feu. Il lui suffirait de trouver un cheval, en Argentine, pour traverser la pampa.

En voler un ne présentait aucune difficulté, il avait déjà pratiqué ce genre de sport de son vivant, se vanta-t-il.

« Si je rate ce bateau, tous mes projets maléfiques vont tomber à l'eau. »

Le pauvre diable faisait pitié. N'écoutant que son bon cœur, l'ange gardien se dit qu'il pourrait peut-être emmener Launonen au Cap-Vert. Pour lui, ce ne serait pas bien compliqué. Et l'ange Gabriel ne verrait sans doute pas d'un trop mauvais œil ce petit coup de pouce. Au moins l'assassin ne sévirait-il plus en Finlande.

Ariel Auvinen promit à Rauno Launonen de s'occuper de son voyage et lui souhaita bonne nuit. Le démon alla se coucher dans une poubelle du cimetière. L'ange s'endormit dans le creux du bras de la croix du maréchal.

Au matin, ils montèrent à bord d'un avion de ligne de Finnair pour Lisbonne. Au sortir des nuages, dans la clarté aveuglante du soleil, le démon s'exclama, ému :

« Ce n'est pas tous les jours que je monte comme ça au ciel. »

À Lisbonne, ils prirent un appareil à hélice de Trans Air Portugal, bondé de voyageurs pour la plupart créoles. L'archipel du Cap-Vert avait été pendant des centaines d'années une colonie portugaise. Il n'avait acquis son indépendance qu'à la fin du XXe siècle. L'équipage et les passagers parlaient portugais. Le démon se fondit facilement dans la masse, mais l'ange, avec son envergure de plus de dix mètres, eut plus de difficultés. Il demanda à Launonen, grimpé sur le porte-bagages, de l'aider à ranger ses longues ailes. De mauvais gré, l'assassin multirécidiviste les rassembla entre ses bras. Il grommela qu'il avait des plumes jusque dans le nez et qu'il n'avait jamais eu de son vivant à supporter pareille promiscuité.

« Heureusement que les anges n'ont pas de queue comme les autres oiseaux. Ces satanées ailes sont bien assez pénibles. »

Les conditions de voyage étaient vraiment inconfortables. Alors que l'on venait de passer au large de Gibraltar pour se diriger vers l'Afrique, la vraie nature du démon reprit le dessus. Il suggéra à Ariel Auvinen de lui fiche la paix et de rentrer chez lui. Il pouvait se débrouiller seul pour le reste du trajet. Les issues de secours de l'avion se trouvaient au niveau des ailes. Il suffisait à l'ange d'ouvrir la porte et de sauter. Tout compte fait, la fraternisation avait ses limites. Ariel protesta. Se jeter dans le vide à cinq mille mètres d'altitude était trop dangereux. L'appareil volait à au moins cinq cents kilomètres à l'heure. Il risquait de se démettre les ailes en sautant en marche à cette vitesse.

Le démon fut sérieusement tenté de balancer dehors le vieil être céleste. Quelle importance, après tout, s'il se cassait l'aile. Satan ne pourrait que s'en réjouir.

Rauno Launonen se laissa tomber dans l'allée centrale et entreprit de traîner de force Ariel Auvinen vers l'issue de secours. Le siège près de la porte était occupé par une vieille créole replète qui tenait un bébé dans ses bras. Peut-être rentrait-elle dans son île natale avec l'un de ses petits-enfants après avoir rendu visite à de la famille à Lisbonne. Malgré la tétine qu'elle tentait de lui mettre dans la bouche, le marmot geignait, sans doute sa mère lui manquait-elle.

Ses cris énervèrent encore plus le démon. Il ouvrit brutalement la porte de secours et tenta de flanquer l'ange dehors à violents coups de poing. Un puissant appel d'air balaya la cabine, semant la panique. Les hôtesses ordonnèrent aux passagers de boucler leur ceinture. L'appareil perdit de la hauteur. Le vieil ange se débattait comme un forcené, mais il n'était pas de taille face aux poings solides du démon. Allez ouste! Pour faire bon poids, l'assassin jeta aussi par l'issue de secours la vieille créole hurlante, et juste après le nourrisson. Ce n'est qu'ensuite, satisfait de cette tuerie, qu'il referma la porte.

Ariel Auvinen tombait comme une pierre vers les eaux de l'Atlantique. Il eut le temps de voir la vieille femme dodue jaillir de la porte, jupes au vent, et le bébé voler dans son sillage. Le démon avait montré sa vraie nature. L'assassin avait retrouvé le goût du meurtre.

L'ange gardien déploya ses ailes et tenta de rattraper la grand-mère bramante, mais elle était trop lourde. L'enfant la suivait de près. Il fallait faire un choix, et vite : en sauver un, mais lequel, ou les laisser tous deux tomber vers la mort. L'ange intercepta le bébé, mais il ne pouvait le serrer dans ses bras sans être déséquilibré. Seule solution : le tenir entre ses dents par ses langes. Son dentier claqua avec un bruit de mauvais augure, mais tint bon. Il ne lui restait plus qu'à amorcer une longue glissade pour stabiliser son vol.

L'avion avait disparu. La silhouette vagissante de la vieille créole diminuait à vue d'œil. Ariel réduisit son altitude, mais il n'y avait plus rien à faire. Il ne put qu'assister, horrifié, à sa chute mortelle dans l'océan turquoise.

La malheureuse toucha les vagues dans un bruit d'explosion. Une énorme colonne d'eau écumante s'éleva, puis une nappe de sang teinta les flots de rouge. Le corps de la pauvre grand-mère sombra et, en survolant l'endroit, Ariel Auvinen vit approcher de toute part des requins tueurs affamés. Ils déchiquetèrent en un rien de temps le cadavre. La vie de la vieille femme avait trouvé une fin tragique.

L'ange gardien tenait fermement entre ses dents l'arrière des langes du bébé. Ce n'était pas le moment d'ouvrir la bouche et de tout lâcher. Il ressemblait à la légendaire cigogne chargée d'apporter les nouveau-nés dans les familles. Le nourrisson avait cessé de pleurer, il agitait ses petites menottes et babillait gaiement.

Ariel Auvinen mit cap au sud. Il espérait trouver les Canaries et y mettre le bébé en sûreté. On apercevait à l'horizon un amas de nuages indiquant la présence d'une terre. Une heure plus tard, une île apparut. C'était Lanzarote. Il connaissait la région pour y avoir à plusieurs reprises passé des vacances avec son épouse, et même une fois en plus charmante compagnie. L'ange gardien déposa son précieux fardeau sur les marches de la principale église d'Arrecife, la capitale.

Étonné, le nourrisson regardait la foule curieuse qui s'amassait autour de lui. On se demandait d'où sortait ce chérubin que l'on aurait dit tombé du ciel. Une femme assez âgée, solide, s'avança, enveloppa l'enfant d'un regard protecteur et le prit d'un geste assuré dans ses bras.

« Il doit avoir faim. Je l'emmène chez moi, j'ai une belle-fille à la poitrine généreuse qui a donné naissance à un fils jeudi dernier. Elle a assez de lait pour toi aussi, mon trésor. »

L'ange gardien observait la scène avec satisfaction. L'enfant avait trouvé une famille, il avait la vie devant lui.

Ce n'était pas le moment de rester à paresser sur cette île touristique. Ariel Auvinen déploya ses ailes et repartit vers le sud. Il était temps de mener un dernier combat contre le démon.

« Le temps de la miséricorde est passé, nom de Dieu ! »

30

L'ange et le démon dans l'œil du cyclone

Le soir tombait quand l'ange gardien se posa dans le principal port de pêche de l'île de São Vicente, au Cap-Vert. Le démon, qui y était déjà, tenta de paraître agréablement surpris de le revoir. Il lui assura que les derniers événements n'étaient qu'un accident. Il n'était pas assez gangrené par le mal pour jeter par pur plaisir des femmes et des enfants du haut d'un avion.

« Admettons que je te croie. Un accident est vite arrivé. »

Rauno Launonen était pressé d'embarquer à bord du bateau japonais, le *Maru Shinjugu*, qui devait le conduire à Rio de Janeiro, au Brésil.

« Il n'y a pas le feu, occupons-nous d'abord de tes préparatifs de départ. »

Le démon se plaignit de l'odeur de poisson pourri du port. Il voulait respirer l'air frais de l'Atlantique. La Terre de Feu l'attendait.

Ariel Auvinen fit se lever pour accélérer son voyage des vents plus forts que la moyenne. On était à l'ouest de l'Afrique, dans la zone d'influence du Sahara. Il lui fut facile de faire monter la pression atmosphérique afin de créer des courants ascendants sous lesquels se formèrent des cumulus. Un violent orage éclata, des éclairs zébrèrent le ciel, une pluie diluvienne s'abattit. Les masses d'air chaud, à la surface de la mer, s'élevèrent rapidement, tournant dans le sens inverse des aiguilles d'une montre. Sous l'effet de l'orage, les courants s'accélérèrent encore, faisant naître une tempête qui se dirigea vers le large. Au même moment, le cargo japonais quittait le port pour le Brésil. Aucune alerte n'avait encore été lancée au sujet du début de cyclone qu'Ariel venait de déclencher. Sans se méfier de ce grain soudain, le navire appareilla sur la foi des précédents bulletins météo. Launonen grimpa à bord au dernier moment. Il se glissa sous la bâche d'une embarcation de sauvetage. L'ange planait au-dessus du cargo, l'œil rivé sur la tempête qui faisait déjà rage au large.

« Sacré vent, cria le démon par une fente de la bâche de la chaloupe.

— Et ce n'est qu'un début », répondit Ariel du haut du ciel.

Il y avait quelque chose de fascinant à transformer un banal orage en véritable ouragan. Une fois le courant tourbillonnaire enclenché, sa vitesse ne pouvait que s'accélérer, en même temps que son diamètre augmentait. Au bout d'une heure, il mesurait déjà trente kilomètres. Au cours de la nuit, la zone dépressionnaire enfla et s'étendit sur cent kilomètres. Le vent forcit, frôlant les cinquante nœuds. Les creux atteignaient dix mètres. Dans l'œil du cyclone, au centre de cet immense chaudron, régnait un calme trompeur. Launonen se prélassait dans sa chaloupe, inconscient du danger.

Au lever du jour, la violence de la tempête était telle que les lames dépassaient quinze mètres de haut. En déferlant sur le pont du cargo, elles rompirent les câbles de l'embarcation de sauvetage, qui fut précipitée à la mer avec son passager. Les gigantesques vagues s'emparèrent de la chaloupe, remplie d'eau mais flottant encore. La tête du démon finlandais pointa de sous la bâche. Il était fou de terreur et appelait à son secours tous les diables et les démons, mais aucun ne jugea bon de se manifester au cœur de l'ouragan déchaîné. Pour finir, il se résolut à implorer en sanglotant Jésus et Dieu lui-même. Eux non plus ne se précipitèrent pas pour le sauver.

Tel un immense oiseau des tempêtes, Ariel Auvinen planait, majestueux, au-dessus de la chaloupe. Ailes solidement déployées, il survolait sans broncher les flots noirs en furie. Launonen, en pleurs, le supplia de calmer l'ouragan. Mais l'ange gardien n'était pas d'humeur miséricordieuse. Ce n'est que trois jours plus tard qu'il réduisit la force du cyclone, qui avait atteint la mer des Caraïbes.

Le corps du démon s'échoua près d'un petit village de pêcheurs sur la côte sud d'Haïti. La chaloupe avait disparu, disloquée par la tempête. Rauno Launonen n'avait déjà pas eu l'air très avenant de son vivant, mais la laideur de son corps mutilé et boursouflé défiait l'imagination. Il ne lui restait qu'une botte, imbibée d'eau de mer, et le gros orteil déformé de son pied nu était tristement cassé. Son pantalon à la hussarde lui tombait sur les chevilles et il lui manquait tout le bras droit à partir de l'épaule.

À grand renfort de signes de croix, les pêcheurs locaux enterrèrent le répugnant cadavre dans la plus proche décharge d'ordures, sans prendre la peine d'en informer les autorités.

La Bouquinerie-Salon de thé d'Aaretti avait rouvert et des ouvriers s'affairaient à peindre le nouveau toit de tôle de l'immeuble de la rue Mechelin. Oskari Mättö et Ritva Nuutinen avaient emménagé à Joensuu. Plus personne ici ne semblait avoir besoin d'ange gardien.

Aaro et Viivi avaient l'intention de faire à l'automne une randonnée dans le Nord. La jeune femme espérait qu'ils pourraient trouver en Laponie assez d'or pour leurs alliances. Mais il n'y avait pas de rivières aurifères à Savukoski. Ce n'était pas comme du côté de l'Ivalojoki ou du Lemmenjoki. La question faillit provoquer la première vraie dispute des amoureux.

Le tueur de démon Ariel Auvinen pénétra simultanément dans leurs deux esprits et promit de saupoudrer une tonne de sables aurifères dans la vallée du Värriöjoki. Avec les prérogatives d'un ange de son statut, une telle générosité n'était que de la petite bière.

« La ruée vers l'or du Värriöjoki n'est plus qu'une question de temps et de foi. »

Il ne restait plus à Ariel qu'à s'envoler pour Kerimäki prendre ses nouvelles fonctions de chef d'un millier d'anges gardiens. Il imaginait déjà avec bonheur, en déployant ses puissantes ailes, la manière dont il organiserait la protection de la population finlandaise en ce nouveau millénaire, et pourquoi pas aussi au suivant. Il pourrait prendre des vacances aux alentours de l'an 5000, et encore.

Alors qu'il s'élevait majestueusement dans les airs audessus du cimetière de Hietaniemi, Auvinen aperçut deux anges aux ailes blanches qui s'apprêtaient à se poser. Amalia Karhunen et Elsa Suhonen !

Merveilleuses retrouvailles ! Ils allèrent s'asseoir sur la tombe de Kekkonen. Les deux femmes levèrent un regard un peu intimidé vers leur héros de la voltige. Quelle prestance, vraiment ! Elles avaient à lui parler d'une affaire personnelle.

« Nous sommes venues t'inviter à notre enterrement. Il aura lieu demain à Keikyä, à 11 h 30. Nous serions si heureuses que tu puisses venir. »

Elles ajoutèrent, émues et fières, que leurs corps avaient été dignement vêtus, leurs yeux fermés, leurs cils rehaussés d'un peu de mascara. Et leurs mains pieusement jointes, bien sûr.

Table

1. Farniente 7
2. De l'envergure des anges 16
3. Le séminaire de formation des anges gardiens 23
4. Aaro Korhonen se voit assigner un ange gardien 34
5. Première mission de protection 41
6. Aaro dort dans le lit d'une morte 47
7. Un corbillard de livres 53
8. Nouvelles difficultés envoyées du ciel 59
9. Scènes de bivouac dans le Grand Nord 65
10. Impossible d'empêcher les rentrées d'argent 73
11. L'attaque de reconnaissance de Mlle Nuutinen 79
12. Nuutinen et Ruokonen se crêpent le chignon 85
13. Troisième commotion cérébrale 95
14. Le prompt rétablissement d'Aaro 101
15. Ariel Auvinen est convoqué devant l'ange Gabriel 107
16. Mlle Nuutinen montre son caractère 115
17. Le corbillard suédois 123

18. Le destin allemand d'Elsa et d'Amalia 130
19. Le dernier voyage des dames de Keikyä 136
20. L'incendie de la rue Mechelin 145
21. L'ange du désastre plane au-dessus du brasier 152
22. Sautes de vent à la Saint-Jean 158
23. Le déraillement du rapide de Carélie 165
24. Traversée mouvementée vers Rostock 170
25. Tout bateau peut faire naufrage 176
26. L'offre tentatrice du démon 184
27. Le grand combat de l'ange gardien 189
28. Ariel Auvinen est appelé à de nouvelles fonctions 195
29. Coup de pouce au diable 200
30. L'ange et le démon dans l'œil du cyclone 206

Composition UTIBI
Impression Grafica Veneta S.p.A.
à Trebaseleghe (Pd).
Dépôt légal : mai 2014
1er dépôt légal : avril 2014

ISBN : 978-2-20711568-8/Imprimé en Italie

271360